숲에서 놀다

풀꽃지기 잡일기

숲에서 놀다

이영득 글 사진

산울림이기를 바라며

숲에는 언제나 배울 거리, 놀 거리가 넘친다. 자연은 거기 있기만 해도 좋은데, 갈 때마다 새로운 걸 보여준다. 가슴이 뛰는 까닭이다. 설레는 까닭이다. 그런 자연의 품에서 놀다 오면 몸과 맘에 숲이 채워진다. 생명이 채워진다.

꽃모임을 하며 일주일에 한 번씩 숲에 간 게 아주 오래 되었다. 꽃요일 말고도 틈만 나면 간다. 숲에 가면 만나는 것마다 눈 맞추고, 배우고, 솔방울 던지기도 하고, 숨바꼭질도 한다. 처음엔 다 큰 어른들이라 노는 걸 어색해하기도 했지만, 이젠 아이처럼 흠뻑 빠져서 논다.

숲에서 맑은 공기 마시며 숲의 소리에 귀 기울이며 노는 게, 그 어떤 일보다 즐겁고 행복한 걸 몸이 먼저 느낀다. 몸이 즐거우니 몸에 깃든 마음은 절로 즐겁다. 그렇게 일주일 살아갈 힘을 자연에서 선물 받는다.

프로이트는 정신적으로 건강하게 살려면 사랑과 일(공부)과 노는 것을 알맞게 해야 한다고 했다. 숲은 나한테 이 세 가지를 다 준다. 그 어떤 일보다 숲에 가는 시간을 0순위로 둘 수 있었던 덕이다. 꾸준히 오래 그 마음을 이어온 덕이다. 즐겁고 행복하기 때문이다.

자연에서 놀며 배운 것을 나누고 싶어 카페에 올리면 사람들이 몸살을 한다. 부러워서 몸살을 하고, 함께하지 못해 배 아파 몸살을 하고, 같이 놀고 싶어 몸살을 한다. 보기만 해도 행복하다는 사람도 많다. 둘레 사람들과 놀아볼 거라고도 한다. 그걸 보면 우리 속에는 너나없이 자연이 들어 있고, 천진난만한 아이가 있는 게 분명하다. 산토끼처럼 숲에서 마음껏 뛰어놀고 싶은 아이.

그러니 자연 사랑도, 자연 행복도 숲에 꽃향기 퍼지듯 사람 숲에 퍼지는 거지. 배경이면서 주인공이 되어준 자연과 꽃동무, 사진을 싣게 허

락해준 많은 사람 그리고 사진 협조와 1차 편집을 도와준 이봉식 님께 감사드린다.

숲에서 놀고, 배운 것이 시간이 지나니 나무 밑에 가랑잎 쌓이듯 자연스럽게 쌓였다. 그 감동과 설렘, 자연을 좋아하고 아름답게 여기지만 어떻게 즐길지 몰라 망설이는 사람들을 숲으로 부르는 산울림이기를 바라며 '자연일기'를 간추린다.

아름다움을 느끼면 소유하고 싶어지는 게 사람 마음이다. 소유하려는 맘이 예쁘게 자라면 그 대상을 온전하게 지켜주고 아껴주고 싶다.

때론 풍경 같은
때론 배경 같은
때론 언덕 같은

때론 양식 같은

때론 엄마 같은

때론 친구 같은

때론 기적 같은… 숲!

몸이 살려고 몸살을 하는 사람들, 숲에 들어 몸도 살리고 마음도 추스르면 좋겠다. 아이도 어른도 몸과 마음에 자연이 깃들면 뭇 목숨에 대한 사랑이 스며든다. 그런 사람 속엔 큰 나무가 자란다.

2012년 숲이 푸른 달

풀꽃지기 이영득

차
례

봄 *Spring*

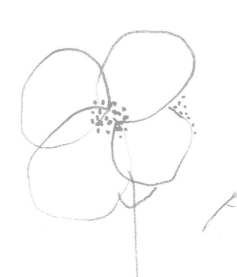

Summer 여름

가을 *Autumn.*

Winter 겨울

봄

Spring

봄꽃도 예쁘고 사람들 마음 꽃도 참 예쁘다.

달래, 민들레, 쑥, 이고들빼기, 멧미나리, 인동덩굴, 으름덩굴, 고광나무,

남산제비꽃, 환삼덩굴, 생강나무 꽃… 생각보다 많이 들었다.

여기에 가져간 부추랑 봄동 넣어서 무쳐 먹었다.

^{*001} # 봄맞이

남쪽 섬으로 가서 냉이도 캐고 동백을 보기로 했다.
올해 처음으로 캐는 냉이, 처음 보는 동백나무 꽃.
생각만 해도 힘이 솟고 마음이 설렌다.

가는 길에 매화가 피었다. 그냥 갈 수 없어 차를 세웠다.
꽃나무 아래에 서니 꽃 냄새가 향긋하다.
음… 오랜만에 꽃숨 후, 들이쉰다.

꽃받침이 파름한
청매도 보인다.

예전에 우리 선조들은 매실나무를 귀히 여겼다. 뜰에 매화가 피면
벗을 불러 꽃을 보고 향기를 나누었다. 퇴계 이황 선생은 돌아가시기 전에
설사하고 피똥 누는 이질에 걸려 욕을 보면서도, 매화한테 그 모습을
보이기 싫어했다고 한다.

살짝 분홍빛이 도는 매화도 있다.
매화, 청매, 홍매, 설중매는 모두 매실나무 꽃이다.
사람들이 편의상 나누어 부를 뿐이다.

홍매는 꽃잎이 붉다.

설중매는 눈 속에 핀 매화다.
꽃 피고 눈 내려도 설중매라 한다.
술 이름이라고 빡빡 우겨도 맞는 말이다.^^

꽃받침이 붉은 건 매화, 꽃받침이 파름한 건 청매다.
봄동 어머니랑 매실나무한테 허락 받고 솎았다.
청매랑 홍매 꽃받침 견주는 사진 찍다 나도 모르게 요러고 놀았다.
"아이고, 나 말리지 말어요. 생긴 대로 놀랑께."

매화를 보고 있는데 아주머니가 봄동을 도리고 있다.

아이구. 저 봄동으로 쌈 싸 먹고 싶다. 용기 내어 소리쳤다.

"아주머니! 봄동 좀 파세요. 참 맛나 보여요."

아주머니는 대답 대신 봄동을 들고 나온다.

열 포기가 넘게 나르더니 만 원만 내란다.

고마워서 2000원 더 얹어드렸다.

아주머니가 가꾼 봄. 꽃동무들하고 나눴었다.

봄동 아주머니한테 허락 받고 냉이를 캤다.

추위 견디려고 깊어진 뿌리가 어찌나 실하고 굵은지….
멸치랑 새우, 다시마로 국물을 내고, 된장 풀어 솔솔 끓을 때 냉이를 넣어야지.
한소끔 끓을 때 들깨 가루를 넣으면 끝.^^

냉이를 캐고 나서 만나러 간 외간리 부부 동백은

부부간에 뭔 일이 있었는지

지난해보다 스무 날 늦게 갔는데도 쌩 토라져 아직 꽃봉오리다.^^

#002 봄나물
냉이초밥

학교에서 돌아온 큰딸이 이런다.

"엄마, 오늘은 공부도 잘되고, 기분도 엄청 좋아요!"

"왜 기분이 좋은데?"

"몰라요. 아침에 맛있는 밥을 먹어서 그런가?"

아침에 냉이초밥을 만들어 먹었다. 온 식구가 맛있게 먹었다.

라디오에서 '봄나물초밥케이크' 만드는 걸 들었는데, 응용을 잘한 건가?

큰딸은 이런 주문도 했다.

"엄마, 냉이 더 있어요? 냉이초밥 또 만들어 먹어요!"

같은 음식을 연달아 두 번 하면서도 즐거웠다.

음식 하다 말고 사진기를 들었다 놓았다 하니 남편이 이런다.

"아이고, 철없는 거! 그게 그래 이쁘나?"

남편이 나보고 철없다는 말은 내가 정말 철없을 때나, 아주 사랑스러울 때

하는 말이다. 오늘은 내가 사랑스럽다는 말이렸다?^^

작은딸이 다가와 종알댄다.

"고3은 왕이라더니 언니 때문에 또 만들어요?"

냉이초밥을 또 하는 건 맛있게 먹어준 식구들이 고마워서다. 기운 나는
봄을 먹인다 싶으니 좋아서다. 게다가 또 해달라니 주방장을 맡아야 하는
주부한테 이보다 큰 칭찬이 어디 있나. 봄 냄새 나는 냉이초밥 덕에
불량 주부 모처럼 신이 났다.

냉이초밥 이렇게 만들었다

❶ 데친 냉이는 총총 썬다. 다진
쇠고기는 볶는다. 달걀은 삶아
서 흰자는 잘게 다지고, 노른
자는 으깬다.

❷ 식초 5큰술, 꿀이나 설탕 3큰
술 반, 소금 1작은술을 섞고
약한 불에 녹여 단촛물을 만
든다. 단촛물은 끓이면 식초
의 좋은 성분이 달아나니 주
의한다.

❸ 따뜻한 밥 2공기 반에 단촛물과 냉이, 볶은 쇠고기를 넣는다. 밥알이 으깨지지 않게 젓가락으로 섞어서 먹기 좋게 뭉친다.

❹ 냉이 뿌리랑 이파리가 보인다. 냉이가 많으면 더 향긋하다.

❺ 으깬 달걀노른자를 묻힌다.

❺ 오늘 만들어 먹은 냉이초밥. 달걀흰자는 잘 묻지 않아 솔솔 뿌려 먹었다.^^

003 봄나물과
꽃차

노루귀가 피었다.

흰 노루귀도 가랑잎 비집고 올라왔다.

복수초도 곱다.

복수초 종류나 노루귀는 주로 낙엽활엽수 아래 산다.

살기 위해 큰 나무가 잎 나고 햇볕 가리기 전에 가랑잎을 비집고 올라온다.

그래서 일찍 핀다. 노루귀는 꽃샘바람 견디려고 털을 달고 나온다.

복수초는 얼지 않으려고 몸 온도를 높인다. 몸 온도를 높이면 작은 곤충이 찾아와 몸을 녹이면서 꽃가루받이를 도와준다.

꽃동무 넷이서 봄꽃 보며 한 잎 두 잎 뜯은 나물이다.

이게 전부지만 우리한테는 임금님 밥상 부럽지 않다.
아직은 찬물에 손이 시릴 텐데 씻어서 사진 찍으라며 들고 온 정성에
감동 백배. 봄꽃도 예쁘고 사람들 마음 꽃도 참 예쁘다.
달래, 민들레, 쑥, 이고들빼기, 멧미나리, 인동덩굴, 으름덩굴, 고광나무,
남산제비꽃, 환삼덩굴, 생강나무 꽃… 생각보다 많이 들었다.
여기에 가져간 부추랑 봄동 넣어서 무쳐 먹었다.
따끈따끈한 볕 받으며 봄을 먹는데 행복하다, 감사하다는 말이 절로 나왔다.

꽃차

처음엔 생강나무 꽃차였는데 나물 무치다가 떨어진 으름덩굴 잎 하나,
인동덩굴 잎 하나 주워 넣었다. 떨어진 거 주워 넣는 거 보고 꽃동무가 말했다.
"저 꽃차는 누가 먹노?"
떨어진 거 넣어서 그랬는지, 다들 양보한 건지, 난 오늘 꽃동무들보다
봄을 더 먹었다.^^

#004 들나물 하기

황매산 자락에 봄나물을
하러 갔다.

밭에 봄나물이 깔려 있다.
냉이, 꽃다지, 벌씀바귀, 벼룩나물, 벼룩이자리, 고들빼기, 돌나물,
점나도나물, 개망초….

밭고랑에 난 풀, 웬만한 건 먹을 수 있다니 놀란다.
겨울 난 봄나물은 보약이라니 또 놀란다.
예쁜 꽃 피워 눈을 즐겁게 해주는 것도 고맙지만, 먹거리가 되어주는
자연이 참 고맙다.

인기 만점 돌나물.

도담도담 꽃다지.

논에도 밭에도 벼룩나물이
많다.

고마리 싹.
파는 새싹보다 예쁘다.

환삼덩굴 싹.
환삼덩굴은 이때가 연하고
맛있다. 조금만 지나면 심
이 생기고 쇠며, 독성도 강
해진다.

봄나물로 비빔밥을 해 먹기로 했다.

우리 먹을 것과 식구들 보약 먹이려고 다들 열심이다.

캥거루 앞치마 같은 나물 주머니를 만들어 가져온 꿈이랑.

남편이 나물 주머니 다 채우지 않으면 집에 들어오지 말라 했다는데,

반이나 하려는가?^^

소산 선배가 우려온 차와 예쁜 선물은 봄 아짐들을 껌뻑 넘어가게 했다.

점심 먹으려고 씻은 봄나물!

오늘 먹은 봄나물 비빔밥. 무엇 무엇이 들었을까?

쑥, 냉이, 돌나물, 벌씀바귀, 벋음씀바귀, 고들빼기, 개망초, 환삼덩굴,

고마리, 가락지나물, 벼룩나물… 와, 벌써 열 가지가 넘네.

예쁜 봄나물에 매화 한 송이씩 얹었다.

여기에 된장 넣고 슥슥 비벼 먹는 맛이란!

^{#005} 산나물 하기

햇살이 좋아서 창가에 앉았다. 등이 따뜻하다.
환하고 꼬숩고 따신 볕이 등을 쓸어주며 말했다.
"몸이 살려고 몸살 났으니 산으로 와서 쉬었다 가!"
"그래, 산의 품에 안겼다 오자! 일은 다녀와서 해도 되잖아."
도시락을 싸며 소풍 가는 아이처럼 들떴다.
갑자기 이 복을 혼자 누리기 아까웠다.

가까이 사는 후배한테 전화했더니 얼씨구나 따라가겠단다.
밥이 한 그릇뿐이어서 후배가 오는 동안 밥을 지었다.
잡곡에 호박고구마를 송송 썰어 넣었다.
'말 안 하고 있다가 배꼽시계 울 때, 짜잔 도시락을 펼쳐야지.
그러면 감동해서 까무러치겠지?'

얼핏 보면 생강나무에만
봄이 온 것 같다.

골짜기 들어서자마자 환
삼덩굴 싹이 보인다. 환삼
덩굴은 독성이 강하지만
약이 된다. 딱 요만한 때
나물하기 좋다.

아기 손 편 것 같은 으름덩 굴이 있다.
고마워하며 몇 잎 땄다. 햇볕이 어찌나 따뜻한지 온몸 구석구석 만져주는 것 같다. 산에 오길 잘했다.

찔레꽃 순도 조금 땄다.

국수나무도 몇 잎 하고, 인동덩굴도 솎아주고, 미나리냉이랑 달래도 했다.

고추나무 싹.

마주난 잎 가운데 하나만
했다. 푸성귀 한 접시 하면
되는 내 기준이다.

자연에서 보면 표가 잘 안 나는데 이렇게 보니 표가 많이 나서 미안하고
고맙다. 자연은 생각보다 강하다. 나무는 사람이나 벌레, 짐승한테
먹힐 것까지 생각해 잎을 내고, 꽃을 피우고, 열매를 맺는다.
잎을 따면 미리 만들어둔 덧눈에서 새잎을 낸다. 잎을 넘어 가지를 내는
경우도 있다. 그렇다고 다 따지 않는다. 야들야들한 잎이 돋기를 기다렸을
애벌레나 초식동물도 먹어야 산다. 짧은 동안 나무가 안간힘을 쓰는
것도 눈에 띈다. 그래서 나무가 몸살 하지 않을 만큼 얻어온다.

한 잎 한 잎 나물도 하고,
볕을 쬐기도 했다.
새소리도 듣고, 결 보드라
운 바람도 마셨다.

숲에서는 입으로 먹는 것보다 눈으로 먹고, 코로 마시고,
귀로 먹는 게 많다. 온몸이 맑은 걸 먹는다.

드디어 점심 시간. 짜잔!
고구마밥, 머위 쌈, 오늘 뜯은 나물, 집에서 만든 요구르트가 전부지만 후배가
좋아서 코를 벌렁벌렁한다.

봄 한 줌이랄까, 자연이 준 선물이랄까?

들꽃 효소 넣은 양념장으로 버무렸다.
새콤, 달콤, 향긋, 쌉쌀한 봄! 둘이서 맛나게 먹었다.
내 초대가 후배를 얼마나 행복하게 했는지 잘 모른다.
산의 초대가 나한테는 보약이고 위로였다.

006 대나무
포크

시장 가는 길에
보니 나무를
심고 있다.

가지치기한
나무도 있다.
"와, 오죽이다.
포크 만들면
되겠다!"

오죽은 까마귀처럼 검어서 까마귀 오(烏), 대나무 죽(竹), 오죽이다.

처음에는 녹색이다가 검어진다.

일하고 있는 젊은 아저씨한테 다가갔다.

"아저씨, 수고하시네요! 이거 좀 잘라가도 되나요?"

그래도 된단다. 시장 가다 말고 집으로 와 전지가위를 챙겨 나갔다.

'많이 만들어 꽃동무도 주고, 글나라 글벗들한테도 선물해야지.'

선물할 곳이 많아 행복했다. 행복지수만큼 가위 든 손이 빨라졌다.

새끼손가락이 따끔하다. 피가 뚝뚝 떨어진다. 피 나는 데를 눌렀다.

조금 뒤 이제 멎었겠지 하고 떼어보니 아직도 뚝뚝 떨어진다.

두세 번 더 눌렀다 떼었는데도 피가 멎지 않는다.

'웬만하면 멎는데, 가위에 깊이 베였나?'

손가락이 화끈화끈 아리다.

"으으, 안 되겠다!"

포크는 몇 개 만들지도 못하고 집으로 왔다. 일회용 밴드는 턱도 없다.

거즈를 붙이고 반창고로 동여맨 뒤에야 응급처치가 끝났다.

손가락은 아직도 욱신거린다. 기분이 얄궂다.

"이 손으로는 안 되겠다."

오늘 복은 여기까지!

나뭇단이 눈앞에 왔다 갔다 한다.

오죽 포크.

007 가까운 뒷산으로
봄 소풍

꽃동무들과 가까운 뒷산으로 갔다. 산비탈에 볼 게 많다.

"풀솜대야, 너 만나려고
이 비탈길을 내려왔어."
풀솜대가 좋아서 하얗게
웃는다.

바위틈에 핀 매화말발도리.
"올해도 예쁘게 피었네.
고마워."

"선생님, 이건 무슨 나무예요?"

"후후, 잘 아는 나무일 테니 천천히 살펴보세요."

조금 있다 엉뚱한 나무 이름을 댄다.

"잎 보고 모르겠으면 줄기를 보세요. 나무가 누군지 말해줄 거예요."

몇 가지 이름을 대더니 조심스럽게 묻는다.

"혹시 사람주나무예요?"

"네, 맞아요! 사람주나무는 새순이 날 때 이렇게 발그레하지요."

고추나무에 진딧물이 엄청 붙었다. 나물만큼 즙도 맛있나 보다. 진딧물은 대롱 같은 입으로 즙을 빨아 먹고, 탄수화물이 넘쳐서 꽁무니로 당분을 내보낸다. 이게 진딧물 단물이다.

진딧물이랑 놀고 있는데, 신문사 기자가 꽃모임을 취재하러 왔다. 함께 큰구슬붕이도 보고,

털이 뽀얀 다릅나무도 봤다.

뽀송뽀송 당단풍나무 새잎도 보고.

예쁜 땅비싸리도 봤다.

신갈나무 잎을 많이도 갉아 먹은 팔공
산밑들이메뚜기 어린 것. 어른 메뚜기랑
많이 다르다. 찬찬히 보니 여기저기 앉
아 있다.
기척을 느끼고 폴짝폴짝 뛴다.
"얘, 얘, 우린 덩치만 크지 하나도
안 무서워!"

산벚나무 잎에 있는 꽃밖꿀샘.
꿀이 보석처럼, 이슬처럼 빛난다. 혀를
대니 달짝지근하다.^^

개미가 와서 궁둥이 들썩대며 꿀을 빨고 있다.

얘도 꿀샘을 찾아와 꿀을 먹는다.
어제 아침엔 아파트 벚나무 꽃밖꿀샘에
벌이 와서 꿀을 먹었다. 꽃밖꿀샘에 개
미만 오는 게 아니다.

쇠물푸레나무 꽃을 보면 덩달아 깨끗해
지는 느낌이다.

연둣빛 숲을
더 싱그럽게 하는
큰꽃으아리.
으아! 예쁘다.

드디어 점심시간.
오매 오매! 곰취, 어수리,
참나물, 두릅, 음나무, 머
위, 초피 장아찌…
보약 밥상이다. 게다가 오
늘 뜯은 싱싱한 봄나물 무
침까지.

기자님도 나물이 맛있다며
밥을 소처럼 드셨다. ^^
모처럼 자연 기운을
듬뿍 받았단다.

#008 심봤다!

포항에 있는 산그린 님 농장에 갔다.
농장 둘레엔 야생 오미자가 지천이다.

산그린 님이 야생 참당귀와 산삼을 보여준다고 해서 골짜기로 내려가니 꽃무리가 환하다. 꽃동무들 얼굴이 밝아진다. 물참대는 물가를 좋아하고, 줄기 속이 비어서 대나무를 닮았다고 물참대란다.

야생 참당귀
찾으러 가는 길.

참당귀가 여기저기 있다.
줄기에 자줏빛이 돈다.

한 포기에서
한두 잎씩 땄다.
조금 뒤 산삼 뵈러 갔다.

잎이 넉 장인 4구 산삼 발견! 산그린 님이 봐두고 우리한테 보여준 거다.
"옴마야, 이기 산삼이가!" 산삼 처음 본 사람들 흥분해서 정신을 못 차린다.
사모님한테 산삼 봤다고 자랑했더니 캐오지 않는다고 날마다 성화란다.
산삼 열매(딸)가 익으면 뿌릴 거란다. 나중에 누가 산삼 임자가 되려는지.
"샘예, 좋아 죽겠어예!"
"산삼 보는 거 제 생애 첫 경험이라예!"
꽃동무들 보기만 하고도 정말 행복해한다.

처음엔 혼자라 기념사진을 남기지 못했다며 사진 좀 찍어달라고 벌렁 눕는 산그린 님.
"샘, 앞치마 하고 누워 있으니 해산하는 거 같아예."
해산이라는 말에 껌뻑 넘어간다.

파리가 산삼 위에 앉았다. 고놈 참, 몸에 좋은 건 알아가지고. 산삼을 보고 돌아서는데 산그린 님이 집에 가잔다.
"예? 숲에 온 지 얼마 안 되었는데 벌써요?"
포항에서 온 사람 하나가 늦은 4시에 수업이 있단다.

"아잉, 싫어요. 우린 이대로 가면 숲이 고파서 집에 가기도 전에 배터리 나간단 말이에요. 우리끼리 좀더 있다 갈게요."

산그린 님과 포항 사람들이 먼저 가고,
우린 숲에서 한참 더 놀았다.

두충 잎 가지고 놀고,

효소 담을 것도 하고,

미나리냉이 앞에서도
놀았다.
그제야 숨이 제대로
쉬어진다.
배터리 빵빵해졌다.^^

2010. 5. 19

*009 옴마야
산누에다

아까시나무 꽃 냄새가 좋다.

비 맞은 숲이 싱그럽다. 산 위엔 안개가 자욱하다.

3월엔 물이 오르고, 4월엔 잎 돋고, 지금은 푸르러지는 5월이다.

가는 봄이 아쉬워 남쪽에서 북쪽으로, 낮은 곳에서 높은 곳으로

봄을 따라간다. 산 중턱에 차를 대놓고 산길 따라 놀며 쉬며 걸을 참이다.

내리자마자 웅덩이에 쪼그리고 앉는다.

물 고인 곳마다 무당개구리가 짝짓기를 하고 있다. 이쪽에서 둘이 엉겨 있고, 저쪽에서도 업고 있다. 도망치느라 뒷다리 히뜩 쳐드니 배가 무당 옷같이 얼룩덜룩하다. 둘이 붙은 놈 위에 또 한 놈이 엉겨 붙었다.
"이런이런, 개구리 같은 일이!"^^

"옴마야, 산누에다!"
멧누에나방 애벌레가 머리 처들고 앉았다.

다른 이파리 뒤에 새똥 같은 아이도 있다. 새똥처럼 몸을 말며 이런다.
"크크, 나 새똥이야. 더러우니 먹지 마."

"에구, 들켰다, 도망가야지."

배다리가 앞뒤에만 있어서 한 자 두 자 자로 재듯 간다.

은무늬갈고리밤나방 애벌레 같다. 녀석을 보는데 몸이 오그라든다.

시골에서 자라 뱀이나 쥐, 두꺼비, 지렁이… 이런 애들은 별로 무섭지 않다.

그런데 꼬물꼬물 기고 내 몸에 착 달라붙는 녀석한테는 꼼짝 못한다.

어릴 때 어깨에 붙은 멧누에나방 애벌레한테 놀란 뒤부터다.

오디 따 먹다가 어깨가 근질근질해 고개를 돌리는데 머리 굵고 시커먼

놈이랑 눈이 딱 마주쳤다. 그때 얼마나 고래고래 소리 질렀는지

엄마, 아버지가 일하다 놀라서 달려오셨다. 뱀한테 물린 줄 아셨단다.

범인이 애벌레라는 걸 알고는 "가시나가 간이 생기다 말았나!" 하며

다시 일하러 가셨다. 작은 애벌레가 나한테 뭘 어쩌겠냐마는 40년 전에

놀란 기억 때문에 아직도 애벌레를 무서워한다.

뱀보다 애벌레를 무서워하는 사람, 흔치 않을 거다.

사람들은 내가 뱀을 보고 한 발 한 발 다가가는 걸 보면 놀란다.

그러다 작은 애벌레를 보고 바르르 떠는 걸 보고 또 놀란다.

"나, 나뭇가지다."
비목나무에 초록 꼬물이가 있다. 기척
을 느끼고 가지인 양 꼼짝 않는다.
그래 그래. 초록 잎 먹고 초록 똥 누고,
초록 몸이 되어 새한테 들키지 말고 잘
살아라. 제발 내 몸에만 붙지 말고.^^

고마로브집게벌레.
경계하느라 집게 같은 꼬리를 치켜든다.

오리나무잎벌레.
보고 있는데 한 마리가 다가와 거침없
이 사랑을 나눈다.

대유동방아벌레.
건드리거나 기척을 느끼면 떨어져 죽은
척한다. 크크, 누가 모를 줄 알고.^^

꼭두서니 바람개비도 돌렸다.

산에서 내려와 꽃전을 부쳐 먹었다.
찹쌀가루와 멥쌀가루를 내어주며 반반씩 섞어 홀홀하게 반죽하라고 했다.
난 급하게 보낼 원고가 있어 컴퓨터 앞에 앉았다. 꽃동무들이 전통 방식으
로 한다고 반죽을 되게 했다. 그러면 일일이 손으로 빚어야 하고 모양내기가
쉽지 않다.
크크, 프라이팬 온도와 시간을 못 맞추어 꽃동무들이 만든 꽃전이 공갈빵이
되고 있다. 설탕만 넣으면 호떡 수준이다.

꽃전을 몇 개 부쳐보더니 힘은 배로 들고 속도는 안 나니까 그제야 어떻게 반죽하는지 가르쳐달란다. 뭐든 자주 하다 보면 노하우가 생기게 마련. 꽃동무들이 해놓은 반죽에 물을 더 섞어 되지도 묽지도 않게 했다.

숟가락 하나 양이 꽃전 하나다. 팬에 하얀 반죽을 올리니 금세 살짝 묽어지려 한다. 꽃과 잎을 놓았다. 조금 있다 뒤집었다가 곧 다시 뒤집었다.

"꽃전은 꽃을 살짝 익히는 게 노하우네!"

꽃전을 뒤집는데 뒤집개에 자꾸 붙는다. 알고 보니 찹쌀가루만 썼단다.

꽃전 부칠 때는 찹쌀가루와 멥쌀가루를 반씩 섞으면 붙지도 않고, 찰기도 적당하고, 혀에 착착 감겨 맛있다.^^

오늘 만든 건 꽃 모양이 시원찮아서 꽃전 노하우 20년 된 주부 작품을 올린다.^^

해마다 꽃전 해 먹는 게 봄맞이 행사 가운데 하나다.

2011. 5. 25

#010 물별 꽃배

때죽나무 꽃을 서양에서는 실버벨이라 부른다. 은종. 우리 종보다 서양 종을 닮았다.

떨어진 꽃이 깨끗하다.
"이거 보세요! 떨어진 꽃으로 꾸미기 놀이 한판 하입시더."

다 같이 놀이 한판 벌인다.

이건 '흔들리며 피는 꽃'이
란다. 도종환 님의 시인데,
강의 때 곧잘 인용한다.

"흔들리잖고 피는 꽃 어디 있으랴
이 세상 그 어떤 아름다운 꽃들도 다 흔들리면서 피었나니
흔들리면서 줄기를 곧게 곧게 세웠나니…"

솜씨 좋게 솔잎에 꽃을 끼워 나무껍질에 꽂았다.
옆에서 보니 좀 딱딱하다 싶더니 앞에서 보란다.

보는 자리가 있는 작품이다. 큭!
꿈꾸는언덕 님이 딴지를 걸었다.
"안 흔들리는데!"
달과별이 님이 바람에 흔들리는 이파리를 다느라 진땀을 뺐다.
그런데 금방 떨어졌다.^^

이건 주제가 '부족한 사랑'이란다.
'넘치는 행복'의 또 다른 표현 아닐까?
이번엔 꽃반지를 만들어보자 했다.
"이걸로도 반지를 만들어요?"

모두 눈이 반짝반짝한다.
꽃반지 어떻게 만드느냐 묻기에 알아서
만들면 된다 했다.^^ 크크, 나도 때죽나
무 꽃반지는 처음 만들어본다.
꽃반지 끼고, 꽃 목걸이 만들고 있다.

왕관을 만들었다.
아고 아고, 귀엽다. '때죽
공주'라 하니 웃음을 참지
못한다.

목걸이 만든 사람을 붙잡
고, 용감한 그녀가 겉옷을
벗겼다.

한 술 더 떠 윗옷 지퍼를 내렸다.
"목걸이 모델은 하얀 목이 포인트야. 이거 좀 내려야지."
부끄러운 그녀, 첫날밤 낭군님한테 옷고름 풀어 헤친 듯 어쩔 줄 모른다.
"아이고, 많이 내리지도 않았구마 와 이키 부끄러워해 쌀꼬!
내가 잡아묵나?" ^^

계곡에도 때죽나무 꽃이 지천으로 떨어졌다.
다들 감탄하며 이름을 지어보기로 했다.

물별, 꽃배, 향기 나는 북두칠성, 물 위에 뜬 꽃, 다시 핀 꽃….
물에 뜬 별. 자연 화채, 계 모임….^^

때죽나무 꽃반지 이렇게 만들었다

1

그늘사초(129쪽 참고)잎을 줄로 썼다. 꽃 가운데 구멍으로 그늘 사초를 밀어 올렸다.

2

빠지지 않게 매듭을 지었다.

3

매듭이 물리게 아래로 당겼다.

4

그늘사초를 양쪽으로 갈라서 묶으면 완성.^^

#011 예술이 어찌 자연을
뛰어넘을까!

오늘은 숲에서 흙피리(오카리나)를 만들기로 했다.

그런데 몇 사람이 못 온다고 연락이 왔다.

피시시, 김 빠지는 소리가 난다.

밤새 준비하고 챙겨온 꽃동무한테 미안하다.

대신 몇이 오붓하게 가기 좋은 숲으로 갔다.

고광나무 꽃 냄새를 맡으며 흑염소가 풀을 뜯고 있다.

"쟤들, 부르면 대답하는데 한번 불러볼까요?"

그러자 다들 믿기지 않는다는 듯 멀뚱멀뚱 본다.

손나발을 하고
흑염소를 불렀다.
"매애~애~애~매애~애!
놀라지 마.
조금만 놀다 갈게."

흑염소가 대답했다.
"매애~애~~애~ 매애~애~~애~! 우리가 지금 안 놀라게 생겼냐?"
꽃동무들이 염소보다 놀란다. 하다 하다 이젠 염소하고 말을 다 한다고.
크크, 염소 흉내만 내면 다 대답하는데.^^
조금 뒤 염소가 이러면서 집으로 내려갔다.
"이상한 아줌마가 왔어! 우리말을 할 줄 알아!"

좀더 가니 백당나무 꽃이 환하게 피었다.
폭 빠져서 보는데 다급한 새소리가 들린다.
키욧, 키욧, 키욧! 몹시 운다. 무슨 일일까? 뱀이라도 왔나?
암컷이 둥지를 틀고 있나?
새는 보이지도 않는다. 애써 무심한 척 백당나무랑 눈을 맞추었다.

백당나무 유성화와 무성화.
가운데 자잘한 유성화는 가루받이를 하
는 꽃, 바깥 무성화는 곤충을 불러 모으
는 헛꽃이다.

헛꽃에서 쉬는 꽃게거미.
꿀 먹으러 손님이 오면 순식간에 덮치
려나? 배 위쪽에 얼굴 같기도 하고 탈
모양 같기도 한 무늬가 있다.

"샘예, 이 꽃이 개구리자리예요?"
얼핏 보니 아니다.
"책 들고 왔네요. 한번 찾아보세요."
그랬더니 조금 뒤 털개구리미나리냐고
묻는다.

"후후, 헷갈리면 열매 보고 찾아보세요. 금방 알아챌 거예요."
머리 맞대고 몇 장 뒤적이더니 조심스럽게 묻는다.
"젓가락나물이에요?"
"딩동댕!"
이름만 알려줬을 때보다 기억에 남을 거다.

"샘예! 이거 좀 보세요.
광대수염 속이 정말 신기해요!"
남의 속은 보이는데 내 속은
잘 보이지 않는다.

새가 아직도 울고 있다.
뭔 일일까? 겨우 당겨서 보니 뜻밖에도
낯익은 새다.
"어머나, 큰오색딱다구리야.
뭔 일이니? 왜 그렇게 울어?"
큰오색딱다구리. 아무리 물어도
대답할 기분이 아니라며 자꾸 운다.

개미지옥을 보고 있다.

명주잠자리 애벌레 집인
개미지옥. 많기도 하다.
모래 함정에 빠뜨려
잡아먹을 개미가
많은가 보다.

온갖 거 보고 놀면서 올라가니
산소에 삥의밥이 많다.
꽃동무가 내 책에서 봤다며 이거 정말
로 먹어도 되냐고 묻는다.
"먹어도 되고 말고요."
이런 때 촌놈이란 게 어찌나
자랑스러운지.

꿩의밥 이삭을 하나 따서 손바닥에 놓고 비볐다.

까맣게 익었을 때보다 덜 익은 이때가 맛있다.

"샘예! 여기 예쁜 거 있어요!
빨리 와보세요."
어머나, 누구 집이 이리 멋스럽지?
갓 구워낸 도자기 하나 나뭇가지에 거꾸로 매달았다. 예쁜 집 제대로 구경하려고 집을 가리고 있는 마른 가지를 꺾으니 벌 한 마리가 윙 날았다.

벌이 엄청 크다. 다들 혼비백산해 뒤로 물러났다. 두 사람은 저만치
달아나고. 내가 걱정되어서 차마 멀리 도망가지 못한 두 사람은 뒤에서
자꾸만 조른다.
"샘예, 고마 가입시더! 예?"
"조금만 더 보고 갈게요. 벌이 가까이 오면 엎드려 꼼짝 마세요."
또 한 사람이 저만치 달아났다. 아랑곳하지 않고 사진을 찍었다.
"샘, 그만 하고 가입시더! 큰일 납니더."

벌이 날다가 집으로 들어갔다. 찬찬히 보
려고 한 발짝 다가가니 다시 나왔다. 말
리다 포기한 꽃동무도 저만큼 달아났다.
"내 집 건드리기만 해봐."
"알았어, 너무 겁주지 마. 나 지금 충분
히 떨고 있거든. 조금만 보다 갈 테니
너도 겁먹지 마."

난 마음 준비를 했다. 한 방 쏘여도 어쩔 수 없다고.
다음 날 강의가 있는데 눈탱이 밤탱이로 사람들 앞에 설 걸 생각하니
아찔하다. 하지만 벌써 맘을 뺏긴 걸 어쩌랴.
금방이라도 날아오를 듯 바르르 떨며 경계를 늦추지 않는다.
"해코지할 사람 같지는 않은데 뭐 하는 놈이고?" 하며 보고 또 본다.

가슴이 콩닥콩닥 뛴다. 벌한테 사정했다.

"자연 좋아하는 아줌마야. 이렇게 멋진 집 처음 봤어. 보기만 할게. 제발!"

내 눈빛을 읽었을까. 슬그머니 아래로 내려가 집으로 쏙 들어갔다.

예쁜 집 한 번 더 보고 자리를 떴다.

도자기보다 도자기 같은 집 임자는 꼬마장수말벌이다.

이제까지 그 어떤 예술 작품도 나를 이렇게 감동시키지는 못했다.

이름도 멋지고, 집 모양과 무늬는 예술이다. 아니 자연이다.

예술이 어찌 자연을 뛰어넘을까!

내려오면서 사진을 찍으니 무얼 찍냐고 묻는다.

"자귀나무 찍고 있어요. 자귀나무는 싹이 늦게 나는 나무 가운데 하나거든요."

숲은 벌써 신록인데 얼핏 보면 얘는 태풍에 잎 떨어진 꼴이다.

내려오다가 물을 만났다.
정말 맑다.
물가에서 다들 신이 났다.

꽃동무 모자에서
신혼방 차린 진강도래.
풀숲에 놓아주고,
기념사진을 찍었다.
"진강도래야,
아들딸 마이 낳고
잘 살아라."

"찔레꽃은
결혼 선물이야!"

여
름

Summer

좋아하는 대상이 있으면 그게 사람이든, 취미든, 일이든

책임질 줄 알아야 한다. 책임은 대상에게 예의를 지킨다는 말이다.

무작정 좋아할 게 아니라 그 대상에 대해 남보다 애정을 가지고 공부하고 알아야 한다.

그게 좋아하는 대상에 대한 예의고 책임이다.

*012 백초 효소 담기

꽃모임 회원들과 백초 효소를 담기로 했다.
커다란 고무 대야 세 개, 소쿠리, 나물 담을 가방을 챙겼다.
얼레지 님이 살림살이 다 챙겨왔다며 웃는다. 자기는 소쿠리랑 돗자리를
가져왔다.

산길에서 효소거리를 하기 시작했다.
'말이 백초 효소지 100가지를 할 수 있을까?'
재료야 널렸지만 우리가 누군가. 꽃이 있으면 들여다보고, 사진 찍고,
눈 맞추며 정신 못 차리는 사람들 아닌가. 100가지는커녕 50가지라도 채우면
장하지.^^ 아니나 다를까, 시작부터 발걸음을 잡는 친구가 있다.

줄이 하나, 둘, 셋! 세줄나비다.
'맞아, 많이 하는 게 전부가 아니지. 즐기며 해야지.'
이러면서 처음부터 여유를 부렸다.
놀며 걸으며 새머루도 하고, 이고들빼기도 하고, 미국가막사리도 했다.
좀담배풀, 찔레꽃, 생강나무, 병꽃나무, 노각나무, 산초나무, 맑은대쑥, 쑥,
버들분취, 수리취, 인동덩굴, 소리쟁이, 대황, 뚝갈, 마타리, 구절초,
산뽕나무, 고욤나무, 청미래덩굴, 청가시덩굴, 엉겅퀴, 솔나물….
앞서거니 뒤서거니, 자연의 기운 받으며 사는 이야기도 하며 모두 행복해
어쩔 줄 모른다. 양이 적은 건 조금씩 나누는 재미도 쏠쏠하다.
주는 사람도 받는 사람도 해맑다. 11시 반까지 하니 가방이 묵직하다.
골짜기로 내려갔다. 가까이에 맑은 계곡이 있다는 게 참 고맙다.

고무 대야는 필요 없다. 돌
멩이 몇 개로 막으면 된다.

나물을 가방째 부어서 씻었다.

어쩌다 하나 떠내려가자 얼레지 님과 맑음 님이 쇼를 했다.︿︿

냇가에서 멱 감다가 신발 띄워버린 아이처럼.

"이렇게 씻으니 두 번 헹구지 않아도 되고 고마 죽이네요!"︿︿

씻은 나물은 돗자리와 바위에 널어 물기를 뺀 뒤,

3센티미터 정도 길이로 잘랐다.

자르면서 이름을 받아 적은 맑음 님이 120가지 정도 된단다.

바위에 널어 물 빼기도 좋다.

오늘 못 온 꽃동무가 파랑새를 보아두었다고 전화가 왔다.
갈무리할 시간이 모자라 보러 가지 못했는데, 이름만 들어도 기분이 좋다.

3센티미터 정도 길이로 자르기.
그래야 설탕에 잴 때 물이 잘 나온다.
자르기 지겹다고 누가 작두 하나 사잔다. 크~
이제 설탕으로 버무려 항아리에 넣으면 백초 효소 담그기 끝!
100가지 넘는 자연의 기운 나누어 먹을 생각에 온몸이 찌르르 행복하다.

#013 뱀 가재 도롱뇽
3종 세트

'생명의 숲' 행사를 위해 답사 겸 가까운 골짜기로 갔다.

쥐방울덩굴이 보인다. 오호라! 얘를 찾아보면 꼬리명주나비 애벌레를 볼 수 있겠다. 잎사귀 아래를 살펴보는데 아니나 다를까, 애벌레가 붙어 있다.

어어? 꼬리명주나비 애벌레랑 달라 보인다. 답사한다고 따라온 사람이 '흰꼬리 뭔 나비'라고 자신 있게 말한다. 어제 와서 찾아봤단다. 집에 가서 확인하면 되니 사진에 담았다.

꽃동무 하나가 잎을 뒤집어보더니, 냄새뿔이 나왔다고 부른다.
'어라! 누구시길래 냄새뿔이 다 나오지?' 점점 빠져든다.

애 냄새뿔은 짧게 나왔다.
집에 와서 크리스탈 님한테 특징을 말하니 사향제비나비 애벌레가 아닐까 싶단다. 확인해보니 맞다. 덕분에 거저먹기로 배웠다.

골짝 언저리에 물이 고인 곳에 뱀이 보인다. 뱀치곤 작다.
"뱀이 축축한 곳에 있네. 유혈목이도 아니고, 물뱀인 무자치도 아닌 것 같은데."

이러고 있는데 꽃동무 하나가 이런다.
"살모사 아닐까예?"
"살모사하고도 좀 달라 보여요. 어린 쇠살모사 같기도 하고요."

뱀하고 조금 떨어진 곳에 도롱뇽 한 마리가 꼼짝 않고 있다.
"어이쿠! 뱀이 도롱뇽을 잡아먹으면 안 되는데."
자연의 섭리라 말릴 수도 없고.
누구 편도 들지 못하고 맘 졸이며 지켜본다. 숨이 꼴깍 넘어간다.

그러고 있는데 뒤에 가재가 보인다. 가재는 아무 일 없다는 듯 돌멩이를 굴려 내어 집을 짓고 있다. 얘들만 지켜보고 있을 수 없어 자리를 떴다.

올라가는데 꽃동무 하나가 골짜기를 가리킨다.
"저게 뭐예요?"
"와, 어치예요. 산까치라고도 하는데, 목욕 시간인가 봐요."
"새가 목욕도 해요?"
새 목욕하는 거 처음 봤나 보다.

"아, 시원하다!"
어치는 푸드득 몸을 씻고 날개 부르르 털며 물 밖으로 나왔다.
목욕하고 나온 어치, 머리에 무스 바른 중학생 같다.
어치는 그렇게 세 번이나 몸을 씻고 날아갔다.

지네를 보라고 하니 꽃동무 하나가 이런다.
"저거 약 해 먹으면 좋은데!"
크크, 무서워서 다가오지도 못하면서.^^

계곡 옆에 고욤나무 꽃이
한창이다. 요 작은 꽃과
눈 맞추고 있는데, 내려가
서 놀잔다. 좋지.

물가에는 온통 고욤나무
꽃이다. 주워서 목걸이를
만들기로 했다.

그늘사초(129쪽 참고) 잎
에 꿰었다. 목걸이 만들
만큼 끼우려니 지루해서
팔찌로 바꿨다.

물에 꽃이 이렇게 많이 떨어졌다. 떨어
진 꽃과 잎으로 그림을 그렸다. 인디언
같기도 하고, 색맹검사표 같기도 하다.

나무다리 밑에 작은 집 한 채 보인다.
친환경 흙집이다. 흙피리 닮은 흙집, 누
구 집일까? 감탕벌 종류 집이란다.

버드나무 씨앗 같은 게 바람에 날아온
다. 예사로 봤는데 나무다리에 붙더니
볼볼 걸어간다. 팽나무알락진딧물이다.
"어, 너도 살아 있네!"
보고 있는데 다시 날아간다.
"바람에 날아온 게 아니고 스스로 날아
왔구나!"

꽃동무가 따온 줄딸기를 맛있게 나누어 먹었다.
뱀이 궁금했다. 도롱뇽 안부는 더 궁금했다.
다시 갔는데 뱀도, 도롱뇽도 없다.
가재만 돌 굴려내며 열심히 집을 짓고 있다.

#014 강아지풀로 강아지 만들기

꽃동무 하나가 카페에 강아지풀로 강아지 만드는 법을 올려놓았다.
눈이 번쩍 뜨인다. 사진을 보고는 잘 모르겠다.
강아지풀이 있으면 이리 돌리고 저리 돌리며 따라 해보련만.
딸을 불러 사진을 보여주었다.
"딸아, 강아지풀이 없어서 그런가 잘 모르겠다.
강아지풀 뜯어오면 보고 만들 수 있나?"
꼼꼼히 살펴보던 딸이 할 수 있겠단다.

강아지 한 마리에 강아지풀
이 다섯 개 필요하다. 집에
오자마자 딸한테 강아지풀
을 내밀었다. 엄마한테 뭘
가르쳐달라고 내미는 아이
처럼.

딸이 강아지풀을 엇갈리게 놓고 요리조리 돌리더니
금세 강아지를 만들었다. 딸이 만든 거 봐가며 하니 어렵지 않다.
요즘은 딸한테 도와달라고 할 때가 많다.

이게 나이 먹어가는 거겠지만 싫지 않다.^^ 머리와 몸통을 만들고, 꼬리를 끼우니 귀여운 강아지가 완성됐다. 딸이랑 강아지 한 마리씩 들고 멍멍! 왈왈! 소리를 냈다. 딸도 나도 강아지다.^^

강아지 이렇게 만들었다

1

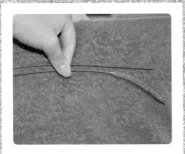

강아지풀 이삭 두 개를 엇갈리게 놓는다.

2

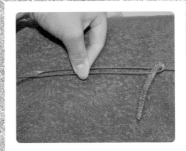

이삭이 풀리지 않게 바깥부터 S자로 감아 들어온다.

3

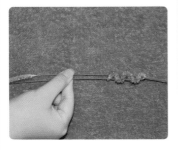

한쪽 감은 모습.

4

다른 쪽도 S자로 감는다.

5

양쪽을 잡아당긴다. 이건 몸으로 쓰면 되겠다.

6

똑같은 방법으로 하나 더 만든다. 이건 머리로 쓰면 되겠다.

7

머리로 쓸 강아지풀은 줄기 하나를 자른다.

8

머리를 몸통에 끼운다.

머리와 몸통이 만들어졌다.

꼬리를 끼우니 강아지 완성.^^

금강아지풀로 만든 강아지.

#015 새나
사람이나

새를 보러 갔다. 그곳 나무
는 대개 배불뚝이다. 배고
픈 시절, 도토리를 따려고
발로 찬 흔적일 터. 아픔
같은 게 전해진다.

있다! 어른 키보다 높은
곳에 난 구멍이 후투티 집
이다. 후투티는 구멍을 못
뚫어 청딱다구리가 뚫어놓
은 구멍을 집으로 쓴다.

먼저 온 사람 방해 안 되게 귀퉁이에 쪼그리고 앉았는데,
새끼 한 마리가 고개를 쏙 내민다.

돌레돌레 주변을 살피더니,
"엄마, 아빠! 밥 줘!"
입이 찢어지게 부른다.

조금 뒤 어미가 먹이를 물고 나타나 가까운 나뭇가지에 앉았다. 운 좋게 두 마리가 같이 보인다.
"어디서 이 맛난 걸 가져왔어요?
애썼어요, 여보!" 그러는 것 같다.
그러다 눈 깜짝할 새 새끼한테 먹이를 주고 날아갔다.

몇 번 날아온 뒤에
야 겨우 찍었다.

먹이를 준 뒤 집에 들어가 새끼 똥을 물고 나온다. 애들 똥 기저귀 갈아주던 생각이 난다.

한참 기다리니 이번엔 두 마리가 고개를 내민다.

청서(청설모)가 순식간에 후투티 집으로 올라간다. 앞에 있던 사람이 벼락같이 쫓았다. 그 사람이 조금 뒤 내 카메라를 보며 이런다.
"아줌마, 메모리 좀 봅시다."
사진을 보며 한 수 지도해주려나 싶어 메모리를 건넸다.
뜻밖에도 자기 카메라에 끼우더니 몇

장 찍어준다.

이렇게 고마울 때가! 삼각대 없이 장난감 같은 카메라로 새를 찍으니 안쓰러웠나 보다. 아님 내가 예뻐 보였거나.^^

그 인연이 카페 '풀과 나무 친구들'에 찾아오신 관음조 님이다.

저만치 날아갔다가 한참 만에 또 먹이를 물고 날아온다.

집에 들어가서 새끼들 얼굴 보고 먹이 구하러 또 나간다. 머리 세운 모습이 어쩜 이리 멋스러울까?

이건 내 생각일 뿐이다. 새끼 먹여 살리느라 쎄가 빠지더라는…. 사람이나 짐승이나 사는 게 어쩜 이리 같은지. 가슴 한쪽이 찌르르하다.

이번엔 청딱다구리가 보고 싶었다. 관음조 님한테 여쭈니 고맙게 청딱다구리 집까지 데려다준다. 청딱다구리 집은 밤나무 구멍이다. 후투티는 자주 오는데, 청딱다구리는 한참 기다려도 꽁지조차 뵈지 않는다.

새끼가 잠깐 얼굴을 보여준다.
성질 급한 아줌마, 지루하고 좀이 쑤셔 죽는 줄 알았다.^^

한 시간 반 정도 지났을까? 인연이 아닌가 보다 하고 지쳐서 나오는데 이렇게라도 모습을 보여준다.
청딱다구리야, 고맙다.

이번에는 백로를 보러 갔다. 그곳은 산
자락에 들어서자마자 새들이 어찌나 시
끄러운지. 냄새는 또 어떻고. 둥지 아래
가 새똥 천지다.

아, 있다! 전망 좋은 집에서 아빠(?)가
먹이 물어오길 눈이 빠지게 기다린다.
대백로, 중대백로, 중백로, 쇠백로….
이 순간 그게 뭐 그리 중요할까?

기다리다 좀이 쑤시는
지 한 바퀴 돌더니 날
갯짓을 한다.

아, 저기 온다.

"별일 없었소?"
오자마자 부리를 맞대고 애틋한 사랑을 표현한다. 그 시간이 정말 찰나다.

그러고 나서 새끼한테 먹이를 준다.

"여보, 이번엔 제가 다녀올게요. 애들 잘 지켜요!"

"걱정 말아요. 당신도 몸 조심해요."

이번엔 새끼를 지키던 백로가 먹이를 찾으러 날아갔다.

사는 게 감동이고 영화다.

’016 좋아하면
책임져야 한다

고등학생 때 국어 선생님이 생각난다.

그 선생님이 이런 말씀을 하셨다.

"좋아하면 책임져야 한다!"

'책임? 좋아하는 사람이 있으면 결혼을 해야 한다는 말인가?

우리가 고등학생인데 그런 책임은 좀 이르지.'

동무들 낯빛도 나랑 비슷했다. 선생님이 다시 말씀하셨다.

"좋아하는 대상이 있으면 그게 사람이든, 취미든, 일이든 책임질 줄

알아야 한다. 책임은 대상에게 예의를 지킨다는 말이다. 무작정 좋아할 게

아니라 그 대상에 대해 남보다 애정을 가지고 공부하고 알아야 한다.

그게 좋아하는 대상에 대한 예의고 책임이다."

그때 내가 존경한 대상은 그 선생님이었다. 그러니 특별히 책임질 일은

없었고, 그 말이 내 속에 깊이 자리 잡은 줄도 몰랐다.

그랬는데 살면서 '좋아하면 책임져야 한다'는 말이 내 삶의 지표인 양

길을 일러줄 때가 많다.

내가 좋아하는 대상은 자연이다.

이 글을 쓰면서도 얼른 뛰어나가고 싶어 맘이 바쁘다.

안개구름 획획 지나다니는 산등성이, 그곳에 피어 있을 털중나리.

아, 보고 싶다.

난 기꺼이 가서 털중나리를 만날 테고, 그 설렘은 내 몸과 마음에 스몄다가

말로, 글로, 행동으로 배어나겠지? 삶으로 묻어나겠지?

난 오늘도 좋아하는 대상에 대해 책임을 지려고 달려간다.

#017 풍년이어라

우포늪(소벌)이다.

비가 많이 와서 물이 엄청 불었다. 웅덩이엔 개구리밥이 깔렸다.

큰줄흰나비다.

나불나불 춤추는 듯하다. 젖은 땅에서 물을 빨고 있다.

석물결나비.
날개 아랫면에 물결무늬와 뱀눈 무늬가
있다. 눈인 줄 알고 천적이 뱀눈 무늬를
공격할 때 피해를 줄이고 도망가기 위
한 위장술이다.

노란실잠자리 꼬리가 노랗다.

'꼬마여치베짱이'.
처음 본 친구다. 섬서구메뚜기 갈색형
보다 크고, 방아깨비 암컷보다는 작다.

올방개 위에서 쉬는 밀잠자
리붙이.
밀잠자리를 닮았다.

올방개.
어릴 때 뿌리 끝에 달린 덩
이줄기를 캐서 먹으면 사각
사각 맛있었다. 그러고 보
니 참 별것 다 먹어봤다.

올방개는 줄기 속이 이렇게
생겨서 뿌리까지 공기가 잘
통한다.

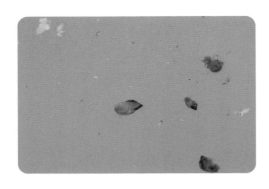

논에는 물달팽이가 많이 떠
다닌다.

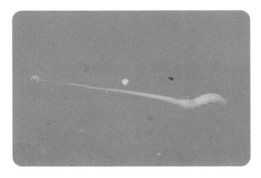

구더기같이 생겼는데 꼬리
에 공기주머니가 있다. 사
는 모습도 어쩜 이리 각양
각색인지. 꽃등에 종류 애
벌레란다.

어라, 논에서 흙탕물 일으
키며 다니는 친구가 있다.

긴꼬리투구새우.
농약 안 친 논에서 산다. 투구와 긴 꼬리 모양을 확실히 보여준다.

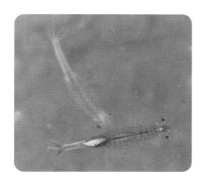

땡 땡, 눈이 땡그란 풍년새우.
모양도 빛깔도 귀엽다. 논물이 넘쳐 길을 잃었다.
"아래쪽으로 떠내려가도 늪이다. 물 따라가서 잘 살아라."
늪엔 참 많은 목숨이 살아간다.

우포늪에서 나와 가까운 곳에 제비를 보러 갔다. 귀제비 집이다. 새끼가 자라서 나가고 집만 덩그러니 남았다. 굴뚝 모양 집을 짓는다고 굴뚝제비라고도 한다. 호리병 모양으로 지은 집도 있다. 제비도 취향에 따라 집을 짓는다.

옛 동무를 만난 듯 반갑다.
풍년새우도 보고, 박씨 물어오는 제비도 봤으니,
이거 본 사람마다 풍년 들면 좋겠다.

2007. 7. 1

º018 개밀로 지은 여치 집

서울에서 손님들이 찾아왔다.

주남저수지에 갔다. 그곳은 잠자리 천국이다. 물잠자리, 가는실잠자리,

나비잠자리, 밀잠자리, 방울실잠자리… 온갖 잠자리를 봤다.

자라풀도 보고, 마름도 보고, 줄도 봤다.

날이 꽤 더운데도 서울 사람들은 보는 것마다 눈을 맞추며 신이 났다.

워낙 자연을 좋아하는 사람들이 취재 차 왔으니 물 만난 고기다.

이것저것 신나게 보고 한참 나왔는데 여치 집 만드는 개밀이 보인다.

개망초 뒤에 있는 게 개밀이다.

갑자기 도시 촌놈들 앞에서 시골 촌놈 '촌빨 날리게' 으스대고 싶었다.

개밀 줄기를 몇 개 뜯었다.
"이걸로 여치 집 만들어줄
까요?"

도시 촌놈들 눈이 휘둥그레진다.
"풀로 여치 집을 만들어요?"
"네, 촌놈은 만들 수 있어요."

개밀 줄기.
밀같이 생겼는데 먹지 않는다고 개밀이
다. 봄에 이삭이 피고, 여름이 되면 씨
떨어지고 줄기가 꼿꼿이 선다. 이때 여
치 집을 만든다. 말려두었다가 쓸 때는
물을 뿌려주면 잘 부러지지 않는다.

개밀을 뜯어 찻집으로 갔다. 이삭은 잘라냈다. 시범을 보이니 도시 촌놈이
낑낑대다 한 구멍에 두 개 끼우는 게 힘들다며, 십자로 끼울 때 하나를 더
끼우는 게 아닌가!

시골 촌놈, 으스대다 도시 촌놈한테 새로운 방법을 배웠다.

손을 요리조리 돌려가며 금세 여치 집 한 채 뚝딱 만드니 도시 촌놈들

입이 쩍 벌어진다. 여치 집이라고 만들었는데 귀뚜라미 집 같단다.

아무렴 어떠랴. 여치 집에 여치는 넣지 않을 거다.

누굴 가두려고 지은 집이 아니다.

여치 집 이렇게 만들었다

1

개밀 줄기 두 개를 손가락 길이
만큼 잘라, 하나는 가운데에 구
멍을 낸다.

2

다른 하나를 구멍에 끼운다.

3

십자로 만든다.

4

구멍 끝에 개밀 줄기를 하나씩
끼우고, 한 구멍에만 두 개를 끼
운다.

5

두 개 끼운 것 가운데 하나를
시작으로 풀리지 않게 걸어가며
차례로 돌린다.

6

똑같은 방법으로 거듭한다.
개밀 끝이 나오기 전에 새 줄기
를 끼워서 쓴다.

7

탑 쌓듯이 위쪽을
줄여간다.

8

여치집 완성.
왼쪽은 시골 촌놈,
오른쪽은 도시 촌
놈이 만들었다.

#019 솔방울
3대

소나무 숲에 가서 거품벌레도 보고, 솔방울도 가지고 놀았다.

거품벌레 집.
어릴 땐 누가 침을 뱉
어놓은 줄 알았다.

거품 집에 사는 거품벌
레 종류.

솔방울 3대.

아기 솔방울, 아빠 솔방울, 할아버지 솔방울. 소나무 한 그루에 3대가 산다.

아기 솔방울은 올봄에 꽃가루받이하고 만들어진 솔방울.

아빠 솔방울은 지난해 꽃가루받이를 하고 자란 초록 솔방울.

할아버지 솔방울은 지지난해 생겨 2년 만에 영근 갈색 솔방울.

나무는 대개 몇 달 안에 열매가 영그는데, 소나무는 만 2년이 되어야 영근다.

초록 솔방울만 보면 어릴 때 소 먹이러 가서 솔방울로

공기놀이하던 게 생각난다.

솔방울은 시골 촌놈한테 좋은 놀잇감이었다.

솔방울 가지고 이렇게 놀았어요

반송 솔방울.

꼭지 쪽을 흙이나 풀밭에 문질러 송진을 닦는다. 문구점에서 파는 공깃돌
보다 좋단다. 향기 나는 공깃돌이란다. 나무한테 고맙다 고맙다 인사했다.

다른 날 다른 숲이다. 솔방울을 엉덩이에 끼우고 목표로 정해놓은 뒷간까지 귀하게 모셔가는 놀이를 했다. 이름 하야 똥꼬 놀이.^^

놀이를 하는데 솔방울이 깨우쳐주었다. 자연에서 난 거 먹은 똥, 자연으로 돌려보내야 지구도 사람도 건강하다고. 그래서 먹는 음식이 깨끗해야 한다고.

여긴 솔방울이 엄청 떨어졌다.

솔방울을 보고 지나치지 못해 비석치기를 했다.

떨어뜨리지 않고 솔방
울 옮기기도 했다. 단
순하면서 재밌다.

두 사람이 짝이 되어,
막대기 하나씩 맞대고
솔방울 옮기기 놀이도
했다.

"요거 쉽지 않네!"
둘이 맘 모아 하는 게
혼자 하는 것보다 어
렵다.

솔방울 속에 날개 달린
씨가 있다.

톡톡 털어서
맛을 봤다.

소나무 씨가 잠자리가
되었다.^^

꽃동무 하나가 떨어진
가지에서 잎을 따더니
지압을 해준다. 따끔하
면서 시원하다.

솔잎 지압을 하고 있다.

소나무 잎은 두 개로
되어 있다. 하나를 빼
서 그 자리에 고리 걸
기를 한다.

짜잔, 서현이 솔잎 목걸이.
색종이로 한 것보다 자연스럽다.
숲에서 놀다 떨어뜨려도 쓰레기가 생기지 않는다.

#020 사랑이어라

바닷가에 갔다. 찜통이다. 몸이 처진다.
앞서 가던 꽃동무가 바위 절벽 아래로
내려간다.
"아이고, 조심해요, 조심해!"
무서워서 올라오길 기다리며 딴전을 피
웠다.

안 내려오고 뭐 하나 해서 돌가시나무랑 노는 척했다.

이러고 찍으면서 내려오란
다. 이때 내려가는 게 정말
무서웠다. 사진 느낌보다
훨씬 낭떠러지였다. 오금이
저려 머뭇거리다 돌부추를
제대로 보려고 내려갔다.

내려가서 애 찍을 때는 다
리가 후들거렸다.

꽃동무가 그런다.
"풀꽃지기 님, 꽃 볼 때 겁 없잖아요?"
오늘은 왜 그런지 나도 모른다. 몸 사리는 거 보니 늙은 거,
아니면 철이 든 거? 낭떠러지가 무서워서 바위에 궁둥이를 바짝 붙이고
찍느라 초점을 어디다 맞추었는지….

씨가 익어간다.
"장하다, 돌부추야. 해마다 여기서
씨 많이 퍼뜨리고 잘 살아라."

바닷가답게 갯사상자도 한창이다.

사진 찍는데 날아온 센
스쟁이 남방제비나비.
"고마워, 갯패랭이꽃
꿀 맛있니?"

원추리도 시원하게 피었다.

참 예쁜 주근깨. 이런 주근깨라면 닥지 닥지 달고 다니고 싶다. ^^
예쁘고, 나라 어디에서나 볼 수 있어 나리 가운데 기준이 되는 참나리.

호랑거미가 먹이를 칭칭 동여맸다. 다리가 꿈틀꿈틀하는데 누군지 짠하다.

갯가에 사상자가 많이 자라고 있다.

"반갑다, 홍줄노린재야."
여기저기 신방을 차렸다.

둘이 요렇게 오르내리
다 만났다.

"어디 갔다 왔어?"
"왜 이렇게 늦었어?"
사랑하는 사이였을
까? 만나서 바로 짝짓
기 했다.

"얘, 얘! 이러면 안 돼!
누구 하나가
양보해야지."

어쩌나! 옆에는 홍줄노린재가 호랑거
미한테 잡혀 꼼짝 못한다.
'짝짓기는 하고 잡혔을까, 알은 낳았을
까?' 오늘도 자연 앞에서 아무 말도, 몸
짓도 못 하고 지켜보다 왔다. 사랑이
뭔지….

#021 풀각시 만들기

글나라 봄 학기 마지막 날이다.
스승님께서 종강 특별 행사로 풀각시 만들기 특강을 해달라고 부탁했다.
'우잉, 실내에서 풀각시를 만들어요?'
후후, 우짜겠노. 하늘 같은 스승님 말씀 받자와야지.

가져간 풀각시를 보여주고 만드는 법을 일러주었다.

엄마가 만드는 거 보고 맘에 안 든다고 입 삐죽 나온 율아. 무조건 머리카락을 길게 만들어달란다.

사뭇 진지하다.
공부를 이리 열심히 했으모!^^

머리카락 길게 만들어달라더니 역시 예쁘다.

"우리, 신랑 각시 할래?"
"음, 생각 좀 해보고. 아, 참! 나 각시
아니었어?"

가방 든 풀각시도 있다.
명품 가운데 명품,
풀 내 폴폴 나는 가방이다.

종강식 마치고 점심 먹으러 갔다. 풀각시
만든 여운이 남았는지 후배가 이런다.
"선배님, 깻잎은 풀각시 얼굴 하고,
상추는 치마 하면 되겠어요."

아이고야! 이젠 푸성귀만 봐도 풀각시가 보이고, 글나라 종강식 떠올리게 생겼다. 글나라 식구는 자연으로 돌아갈 때 그대로 자연이 되는 풀각시를 만들어본 사람이 되었다.

풀각시 이렇게 만들었다

풀각시 만든 그늘사초.
이삭 피고 씨앗 떨어뜨린 뒤에 뜯는다.
비슷한 풀이면 뭐든 쓸 수 있다.

풀각시 만들 재료.
솎아주듯이 풀과 나뭇잎을 얻는다. 몸을 지탱할 나무는 일회용 젓가락 대신 숲에 있는 나무 꼬챙이를 쓴다.

풀각시 이렇게 만들었다

1

나무 꼬챙이를 머리가 될 길이
만큼 가운데에 놓는다.

2

꼬챙이가 보이지 않게 덮는다.

3

그늘사초로 묶는다.

4

그늘사초를 반대쪽으로 넘긴다.

5

다 넘기면 머리를 묶는다.

6

팔을 갈라서 땋는다.

7

손은 풀리지 않게 매듭짓고, 허리를 묶는다. 다리는 묶어도 되고 안 묶어도 된다.

8

얼굴과 몸을 묶은 자리에 끼운다.

9

치마나 바지를 입히고,
얼굴을 꾸미면 완성.^^

#022 개구리 같은
아이들

굴렁쇠 아이들이 뻘(개흙) 체험하는 날이다.
체험 사진을 보고 나도 뻘에서 놀고 싶어 달려갔다.
"저길 어떻게 들어가지?"
재밌게 놀고 싶었는데 은근히 걱정된다.

뻘 체험할 곳에 개구리밥이
깔려 물이 보이지 않는다.

아이들이 왔다. 수생식물에 대해 공부
하고 있다. 저길 어떻게 들어가나 했는
데, 굴렁쇠 아저씨는 아무렇지도 않게
첨벙 들어간다.

133

신발을 벗어놓고 나룻배 타러 출발. 나룻배 탄다고 좋아하던 아이들, 개구리밥이 뒤덮인 늪으로 들어간다니 줄행랑을 친다.

안 들어가겠다고 버티던 아이들, 하나가 용감하게 들어가니 궁둥이 뒤로 빼면서도 다 들어간다.

"괜찮아, 내가 잡아줄게."

뺨에 개구리밥을 붙였
다. "우린 개구리 왕자
예요!"

애들보다 좋아하는 이
상한 아줌마.

드디어 진흙 팩 시작.

보기만 해도
행복하다.^^

"내가 예쁘게 해줄게."
분장사까지 등장했다.

멋진 행위 예술이다.

"이만큼 더 예뻐졌다."

진흙을 바르고도 어쩜
이리 예쁠까?

웃음소리가 나룻배 가
득하다.

"네가 물에 사는 물풀
이네."

"다이빙 실력 한번 보
시라고요."

처음엔 안 들어오겠다
고 버티더니 개구리처
럼 잘 논다.

동동동동!

개구리 같은 아이들!
개구리밥만 봐도 생각날 것 같다. 애들아, 끼워줘서 고마워!

#023 망태 사이소

아침에 문득 망태버섯이 생각났다.
"맞다, 6~7월 중순까지 핀다 했는데."

대숲에서 한참 헤맨 뒤 처음 본 망태버섯.
알처럼 보이는 유균이 몇 개나 있다.

유균이 군데군데 보인다.
보물이 묻혀 있는 것 같다.

140   S u m m e r   여름

"선생님, 여기 와보이소!"
후딱 달려가니 하얀 망사 치마를 펼친
소녀 같은 버섯이 있다.
"와, 예쁜 아이 찾았네요. 고마워요,
고마워요!"

40분쯤 뒤엔 이만큼 자랐다.

대숲 여기저기 쏘다니다 보니 또 이만큼
자랐다. 망태버섯 자라는 속도는 균류와
식물을 통틀어 가장 빠르다는 기록이 있
다. 균사 덩어리에서 버섯 자루와 망사
가 조직을 늘여 압축 상태로 있다가 균
사 덩어리가 터지면서 겹쳐진 주름이 펴
지고 낙하산처럼 부풀어 자란단다.

흰줄숲모기가 많다. 바람
한 점 불지 않는 대숲은
칙칙하고 무덥다. 땀이 나
끈적끈적하다. 모기는 사
정없이 물어댄다.^^;;

"헉, 좋아서 하는 짓도 이런 날은 지친다, 지쳐!"
일단 물러나 대숲 아래 식당에 가서 고난을 피하기로 했다.

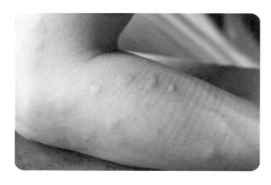

팔에 토시를 했는데 이 정
도다. 체면 같은 건 더위
먹은 지 오래다. 누가 있
건, 누가 보건 벅벅 슥슥
긁어댄다.

팔, 다리, 어깨, 엉덩이… 가렵지 않은 데가 없다.

점심 먹고 다시 갔더니 멀쑥하게 자라 치마가 깡뚱하게 짧아졌다. 이게 뭐여! 치맛단이 불에 덴 듯 쪼그라들었네. 이렇게 스러지는 거구나. 조금만 늦었으면 일보 후퇴가 후회막급이었을 뻔.

스러지는 모습.

초콜릿처럼 보이는 갓에 파리 종류가 들끓는다. 냄새를 맡고 찾아와 실컷 먹고 홀씨를 퍼뜨리겠지?

민달팽이가 먹은
망태버섯도 보인다.

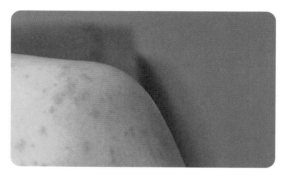

망태버섯이랑 놀고 와
저녁을 먹는데 딸이 이
런다.

"엄마, 어깨가 왜 그래요?
두드러기 났어요?"
"아니, 모기한테 물려서 그래.
망태버섯 찍느라 서너 시간 헌혈했거든."
"그래도 너무 심해요."

모기한테 보여주고 피 값 청구하려고 사진 찍었더니 이 정도다.
벅벅, 슥슥. 어휴, 가려워!

기왕 선심 쓴 거 망태버섯 짝꿍 노랑망태버섯 납시오!
노랑망태버섯. 몇 년 전 상수리나무가 있는 숲에서 찍었다.

#024 분꽃 귀고리

윤진이를 데리고 바깥에 나갔다.

이맘때 어울리는 예쁜 추억 하나 만들어주고 싶었다.

분꽃이 있을 만한 곳으로 갔다. 분꽃은 없고 접시꽃이 있다.

접시꽃은 끈적끈적한 성분이 있다.

그 성질을 이용해 친환경 접착제를 만든다.

"접시꽃아, 꽃잎 한 장 빌려줄래?"

떨어진 꽃이 없어 꽃잎
하나 빌려서,
아래쪽을 갈랐다.

꼬끼오!
볏을 붙여주니 해맑게
웃는다.

연못이 있다. 강아지풀
도 있다. 강아지풀로
개구리 왕자를 불러보
기로 했다.
"개구리 왕자님, 어디
있어요?
윤진이가 왔어요."

"나 여기 있어."

개구리 왕자가 강아지풀 이삭을 물고 나왔다.

개구리는 강아지풀을 가까이 대고 흔들면 먹이인 줄 알고 덥석 문다.

이때 들어 올리면 딸려 올라온다.

개구리 왕자랑 잘 놀고 분꽃을 찾으러 갔다.

담장 아래 손바닥만 한 텃밭에 할머니가 쪽파를 심고 있다.

그 옆에 분꽃이 예쁘게 피었다.

분꽃한테 먼저 허락을 받았다.
그리고 할머니한테 허락 받은 다음
꽃을 몇 송이 땄다.

꽃봉오리도 땄다.

씨방 부분을 당겨 요렇게 만들었다.

꽃도 살살 당겨 요렇게 만들고.

귀에 끼워주니 공주가 된 듯 좋아한다.

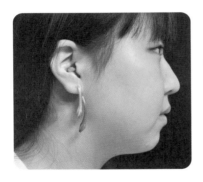

꽃봉오리 귀고리도 예쁘다.
귀고리 만든 꽃은 시들기 전에 피리를
만들었다. 꽃통 아래를 잘라내고 입에
갖다댔다. 후후 부니까 소리가 난다.
삐이 삐이, 삐삐!

"엄마, 꽃에서 냄새가 나!"
요렇게 놀지 않았으면 분꽃 냄새를 어
찌 알았을꼬? 분꽃 귀고리를 해본 아이
가 분꽃도 아껴주고, 다른 목숨도 아껴
주는 어른이 될 거라 믿는다.

꼬끼오 꼬꼬꼬!
꼬꼬댁 가족이다.

가
을

Autumn

자연은 알면 알수록 모르는 것 투성이다.

"지식은 원의 반지름이다." 딱 맞다. 내가 아는 만큼이 반지름이라면

반대쪽 반지름도 그만큼 늘어난다. 갈 때마다 새로운 게 보이고, 궁금한 게 생긴다.

그래서 늘 설레고, 설레는 만큼 행복지수가 올라간다.

°025 다람쥐야 다람쥐야

어제는 남편하고 숲에 가서 다람쥐를 봤다.
사진을 보여주니 딸도 보고 싶단다. 덕분에 오늘은 딸하고 숲에 갔다.

산꼭대기로 가는 오솔길 옆에 다람쥐 집이 있다.
다람쥐네 집은 왼쪽에 보이는 산벚나무다. 둘레엔 참나무 종류가 많다.
얼마 지나면 다람쥐가 좋아하는 도토리 많이 떨어지겠다.
풀섶에 숨어서 다람쥐 집을 지켜봤다.

다람쥐네 집 산벚나무.
벚나무는 상처가 잘 아물
지 않는데, 산벚나무는 야
물게 아물었다.

구멍이 얼마나 깊을까? 몇 마리가 살까?
보고 싶고, 만져보고 싶어도 다람쥐한테 예의를 지켰다.

어제는 누가 사과 껍질하고 바나나를 다람쥐 집에 올려놓았다.
다람쥐는 숲에서 나는 걸 먹는 게 좋을 듯해 가져왔다.
이 철엔 먹을 것도 많고, 농약 친 과일은 다람쥐한테 해롭다.

와, 민달팽이가 짝짓기 하고 있다.
이런 모습 보기 쉽지 않은데! 파란 건
생식기다. 달팽이 종류는 암수 한몸인
데, 짝짓기를 하며 정자를 주고받는다.

다람쥐를 품어 키우는
산벚나무.
싱싱하다.

기다린 보람이 있다.
아웅, 저 볼, 저 발!
기척을 느끼고 다시
쏙 들어갔다.

조금 뒤 둘이서 나왔다.
"형아, 나도 나도!
저 사람들은 안 무서워
보이네!"
"그래도 넌 집에 있어.
내가 나가보고 올게."

획 돌아서 나무 아래로
내려오더니
여기저기 누비고 다닌다.

새끼 보고 있을 때 가까운 나무에 있던 두 마리.
엄마 아빠일까? 먼저 나간 새끼일까? 나무를 잘 탄다.
나도 한때 별명이 날다람쥐였는데 지금은 끙….
다람쥐가 사는 집 한 번 더 보고 자리를 떴다.
다람쥐네 식구를 만난 뒤 도토리 달리는 나무만 봐도 좋다.

#026
요런 거
처음 봐요

방학 끝내고 첫 꽃요일, 백양꽃을 보러 갔다.
산길로 접어들자마자 꽃동무 한 사람이 이런다.
"참 이상해요. 집에 있으면 머리도 아프고 기운도 없는데, 산에 오면
거짓말처럼 머리도 맑아지고 기운이 난다니까요."
산 좋아하고, 자연 좋아하는 사람이니 왜 안 그럴까.
산이 주는 맑은 기운, 몸이 먼저 아는 게지.

"선생님, 이거 꿩 님이 카
페에 올려놓은 그 애벌레
맞죠?"
"와, 으름밤나방 애벌레
맞아요. 오늘 귀한 거 봤
네요."

"정말요! 저 오늘 밥값 했죠?"
"네, 오늘 밥 많이 드세요."^^
"카페에 올려놓은 사진 보고 정말 보고 싶었는데, 이렇게 빨리 볼 줄은
몰랐어요."

참말로 요상, 괴상, 귀엽게 생긴 으름밤나방 애벌레다.
꽃동무들은 저마다 처음 본 친구한테 홀딱 빠졌다.

"저도 처음 봐요. 이렇게 큰지 몰랐어요. 제가 본 애벌레 가운데 가장 커요."
꽃동무들은 한 시간도 넘게 으름밤나방 애벌레 앞에서 놀았다.
"어디가 얼굴이고, 어디가 눈이고?"
만화 캐릭터 눈 같기도 하고, 스티커를 붙여놓은 것 같기도 한 눈.
천적을 속이기 위한 가짜 눈이다. 진짜 눈은 어데 붙었노?
"위쪽이 눈 같은데예?"
"저는 아래쪽이 눈 같은데요?"
눈 찾느라 눈이 뱅뱅 돈다. 그때 근성이 있고 실험 정신 빼어난 꽃동무가
확인해보자며 간절한 눈빛을 보낸다.
"에구 에구, 그런 눈빛 하모 우짜자꼬? 그러면 쟈를 건드려보자는 말인데."
꽃동무들 의견이 '괴롭히지 말고 가자!'로 모아진다.
그런데 그 꽃동무 뜻을 굽히지 않는다.
"그라모 곤충학자들은 연구를 우예 하겠능교?"
띠잉! 나도 모르겠다. 곤충학자까지 들먹이니 말릴 도리가 없다.
크크, 원님 덕에 나발 불게 생겼다.

실험 정신 투철한 꽃동무 덕분에 애벌레가 소리쳤다.
"이제 내 좀 그만 건드리. 왼쪽이 머리거든."
으름밤나방이 먹는 건 으름덩굴과 댕댕이덩굴이란다.

또 다른 으름밤나방 애벌레.
아싸! 이름에 걸맞게 으름덩굴 잎
갉아 먹은 흔적이 있다.

드디어 오늘의 주인공 백양꽃 앞에 섰다.
태풍에 조금 상하긴 했지만
이만하면 춘향이다.

긴꼬리제비나비 한 쌍이다.
꽃동무들은 으름밤나방 애벌레도, 백양꽃도 처음 본다.
아이고, 첫사랑 첫 만남에 을매나 가슴이 뛰었을꼬?

#027 물빛
닮은 꽃

물풀을 보러 갔다.
물 위에 핀 작은 꽃, 보자마자 맘을 쏙 뺏겼다.

자라풀.
멀리 있어도 예쁘다.

가까이서 봐도
하얀 얼굴이 곱다.

잎 뒷면이 자라 등을 닮아서
자라풀이다.

눈 맞추며 보니 더 사랑스럽다.
엎드려서 봐도 곱다.
엉덩이를 치켜들고 보고 또 봤다.
그러다 눈이 번쩍 뜨였다.

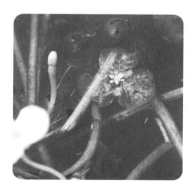

꽃이 물에 떨어져 물이 되려고
물빛을 닮았다.
산에 사는 나무 산 흙이 되고,
물에 사는 물풀은 녹아서 물이 되고
진흙이 된다.

아, 풀처럼 나무처럼 살면 잘 사는 거겠다!

물풀한테 귀한 가르침 받고 감동 받아 보고 또 보는데, 한 아저씨가
물가로 내려와 우리 곁에 쪼그리고 앉는다. 아저씨는 한참 동안 피어 있는
꽃만 본다. 아뿔싸! 물빛 닮은 꽃은 못 본 듯. 용기를 내어 말했다.

"아저씨, 이 꽃 좀 보세요. 활짝 핀 꽃도 예쁜데, 지는 꽃도 이렇게 예뻐요!"
아저씨는 말없이 고개를 끄덕인다. 그때 일행인 다른 아저씨가 내려왔다.
같은 말을 했다. 지는 꽃을 보라고. 반응이 별로다.

그래서 멋쩍어 이랬다.

"아저씨는 감동스럽지 않은가 봐요?"
그랬더니 늦게 내려온 아저씨가 "이 사람은 중국에서 왔어요!"라고
하는 게 아닌가. 하하 호호! 아저씨들이 가고 우린 한참 더 웃었다.

2011. 9. 14

#028 잣 자시오

"딸아, 엄마 꽃 보러 가는데 같이 갈래? 오늘 잣 딸지도 몰라."
'잣'에 힘을 주며 말했다.
큰딸이 간다니 작은딸도 가겠단다.
날이 더우니 물놀이도 하자며 갈아입을 옷을 준비했다.
추석 연휴 뒤라 꽃동무들 몇은 못 온단다.

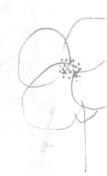

달려간 곳은 하늘 좋고 구름 좋고 물 맑은 곳.
날씨는 푹푹 찌고 무지무지 덥다.

가는 길에 물봉선이 한창
이다.

산에 올라가 잣나무 숲으
로 갔다. 저번에 봐둔 나
무 밑으로 갔다.

"어라, 내 잣이 어디 갔지?"
잣이 두 송이밖에 보이지 않는다. 바닥에 부러진 가지가 있다.
"추석에 성묘하러 온 사람이 따갔나?"
못내 섭섭하다. 잣을 보며 침을 흘리다 맨손을 본다.
 '잣이 달려 있은들 뭐 하노? 작대기 하나 안 들고 왔는데….
어디 손 닿는 곳 없을까?'

안타까워하며 발길을 돌리는데 다른 나무 꼭대기에 잣이 여남은 개 보인다.
딸 재간도 없으면서 나무 아래로 갔다. 아까보다 높이 달렸다.
"저걸 어떻게 따노? 홍시라면 입이라도 벌리고 있지."
딸은 잣 따러 가자 해서 손 닿는 곳에 주렁주렁 달렸을 줄 알았단다.
잣송이가 이렇게 큰지 몰랐다며 나무에 달린 잣이 신기하단다.
밑에서 침만 흘리고 있을 수 없어 돌아서는데,
달과별이 님이 해먹 줄에 나무토막을 매달아 던져보잔다.

으샤!
'숲이 우거져 맞히기 힘들 텐데…'
줄 묶은 나무토막이 잣송이 가까이 가지도 못한다. 몇 번 던져도 헛방이다. 몇 번 해보더니 요령이 생겼는지 잣송이 가까이 간다. 던지고 또 던지고…. 아이고 저 열심을 누가 말리노.
"그러다 팔 빠지겠어요. 이제 세 번만 더 해보고 안 되면 그냥 가입시더."
혼자 안간힘 쓰는 것 같아 말했더니 옆에서 "그냥 내려가자 할 줄 알았더니 세 번만 더 해보래." 이러면서 큭큭 웃는다.

한 번, 두 번, 세 번. 다 헛방이다. 포기하고 돌아서는데, 줄 묶은 나무토막을 다시 한 번 던진다. 휙!
"와, 와!"

드디어 걸렸다. 잣을 한 가마니는 딴 기분이다.
줄을 위아래로 당겨도, 옆으로 흔들어도, 휘감아 쳐도 잣은 꿈쩍 안 한다.
에구, 감 따는 장대 하나 없는 게 안타깝다.
잣아, 제발 하나만, 하나만! 간절히 빌던 순간…

툭! 잣송이 하나가 떨어졌다.
"와, 잣이다!"

완전 잔칫집이다. 조금 뒤 또 한 송이. 잣 따기 대장정에서 두 송이를 땄다.
꼴랑 두 송이지만 잣이 두 가마니 거저 생긴 것보다 기쁘다.

잘 여물었다.
크고 잘생긴 건 꽃님 주고,
살짝 벌레 먹은 건 우리가 가져왔다.

내려오는 길에 보니
다래가 주렁주렁 달렸다.

이번에도 높은 가지에
달려서 목 빠지게 보다
돌멩이를 던졌다.

다래 다섯 개 겨우 땄다.

새머루도 두 알씩
따 먹었다.

신선골에 가서 골짝 물에
발 담그고 더위를 식혔다.
신선이 부럽지 않다.

2010. 9. 15

^{#029}이 세상에
없어도 되는 건
하나도 없다

북쪽비단노린재.
개갓냉이 위에 있다.

무당벌레.
언제 봐도 귀엽다.^^

먹부전나비.
한창 짝짓기를 하고 있다.

풀섶에 다닐 때 꽃동무 바지에 붙었던
아이. 놓아주려고 풀줄기를 대니 덥석
건너왔다. 고개 쳐들고 재주 부리는 재
주나방 애벌레. 내 다리에 붙었으면 여
러 사람 경기했을 거다.^^ 녀석, 어찌나
파닥파닥 꼬물락거리는지.

왕뿔무늬저녁나방 애벌레.
놀라면 이렇게 몸을 만다. 이름을 몰라
서 처음엔 '왕관 애벌레'라 불렀다.

반갑다, 뚜껑덩굴.

크크, 익으면 뚜껑 열린다.^^

열매 하나에 씨가
두 개 들어 있다.

뚜껑덩굴이 씨에 나무 한 그루씩 그려
놓았다.

콩풍뎅이.
개싸리 꽃잎을 먹고,

개싸리 꽃에 알을 낳았다.
가운데 주황빛이 방금 낳은 알이다.

돌돌 말린 칡 잎에
누가 살까?

칡 잎을 펼쳐보니
애벌레 똥하고
알 껍질이 보인다.
알 낳은 엄마가 누구니?

칡 줄기 잘린 곳에
즙이 흐른다.
입을 대고 맛을 보니
밍밍하다.

환삼덩굴을 누가
야무지게 갉아 먹었다.

찾았다, 네발나비 애벌레.
"네가 먹었구나."
"나 혼자 다 먹은 게
아니라고요!"

눈 밝은 짐승한테 들키지 않으려고
잎 뒤에 숨어서 먹고 있던 아이.
어디, 얼굴 좀 보자.

살갗이 긁혀서, 밭으로 넘어와서 성가신 풀이지만,
네발나비한테는 집이고, 먹이다.

네발나비는 환삼덩굴에 알을 낳고,
애벌레가 깨어나면 환삼덩굴 잎을 갉아 먹으며 산다.
이 세상에 없어도 되는 건 하나도 없다.

*030 니가
베짱이붙이가?

때죽나무 가지에 매달려
있는 친구를 만났다. 거꾸
로 매달려 체조 선수 같은
모습으로 알을 낳고 있다.
'얘는 메뚜기처럼 땅속에
알을 낳는 게 아니었어!'

나무에 거꾸로 매달려 알 낳는 거 보니 놀랍고 신기하다.
아이고, 힘들겠다. 같이 용써진다.

가까이에 벌집이 있다.
오른쪽 뱀허물쌍살벌 집은
길 옆에 있던 빈집이고, 왼
쪽 집엔 벌이 붙어 있다.
눈탱이 밤탱이 되기 전에
조심해야겠다.

또 다른 뱀허물쌍살벌 집.

그러거나 말거나 알 낳는 걸 한참이나
지켜봤다. 힘이 드는지 말았던 몸을 서
서히 푼다. 왜 안 그럴까. 애 낳을 때 하
늘이 노래지는 산고를 겪지 않았는가.
베짱이붙이 맘을 알고도 남는다.

웬만큼 쉬었는지 몸을 꼬부려 아까 알
낳은 아래에 산란관을 댄다. 또 알을 낳
는다. 자료를 찾아보니 베짱이붙이다.
"음, 베짱이붙이 알은 요렇게 생겼구나!
예술 하듯 알을 낳는구나!"

얼마 뒤 또 힘이 딸리는지 몸을 풀고 한참이나 쉰다. 지켜보기만 해도 애가
쓰인다. 조심조심 물러나 오솔길 따라 걸었다.

숲에서 온갖 거 보면서도
녀석 안부가 궁금했다.

매미 허물.
아호, 귀엽다.

멋쟁이딱정벌레.
누구 목숨 이어주고 자연으로 돌아갔는
지 몸에 구멍이 났다.

삽주 꽃이 팡 팡, 꽃 폭죽이다.

와! 대흥란이다.
고맙다, 올해도 얼굴 보여줘서.

눈 밝은 꽃동무가 대흥란 열매를 찾았다.

처진물봉선이 말쑥하게 피었다.
앞에서 보니 목욕한 아기 같다. 멧돼지
가 그랬을까? 뿌리째 뽑힌 게 많다.

혹쐐기풀도 많이 보인다.

가시에 찔리면 유리조각에 찔린 듯 따
갑다. 『백조왕자』 속에 나오는 공주가
쐐기풀로 오빠들 옷을 짠다. 이런 풀로
옷을 짜면 손이 얼마나 아플까?

혹쐐기풀 구슬눈.
잎겨드랑이에 구슬눈을
달고 있다. 사근사근 먹을
만하다.

늦둥이 수정란풀이 반겨준다.

꽃동무 하나가 캡슐에 들어 있는 작은 곤충을 찾았다. 누굴까? 요리 보고 조리 보고 신기해하는데, 캡슐을 갈라보잔다. 안 된다, 목숨 달린 일이니 그냥 가자 했다.

자연은 알면 알수록 모르는 것 투성이다.
"지식은 원의 반지름이다." 딱 맞다.
내가 아는 만큼이 반지름이라면 반대쪽 반지름도 그만큼 늘어난다.
갈 때마다 새로운 게 보이고, 궁금한 게 생긴다. 그래서 늘 설레고,
설레는 만큼 행복지수가 올라간다.
내려오는 길, 베짱이붙이 만날 생각에 가슴이 뛴다.

아, 있다! 다섯 시간이나 지났는데 그 자리에 있다. 알을 더 낳아놓았다. 쉬려고 그러는지, 천적한테 들키지 않으려고 그러는지 다리를 쭉 뻗고 나뭇가지 뒤에 숨어 가지인 양 붙어 있다.
산다는 것! 자손을 퍼뜨린다는 것! 그 숭고한 순간이 있어 지구 별이 유지된다.

자기가 낳은 알을 그윽하게 지켜본다. 날도 쌀쌀하고 알도 낳았으니 며칠 더 살다가 자연으로 돌아갈 테지. 그럴 줄 알면서도 혼신의 힘을 다해 알 낳는 모습, 기도하듯 했다.

다음 날, 그 숲에 가고 싶었다. 아직도 자리를 지키고 있는지 궁금했다.
감동을 나누고 싶어 꽃동무한테 전화했다.
다른 곳에 가서 몇 가지 더 보고 가잔다. 아껴서 보고 싶은 맘도 있어
그러자 했다. 그런데 꾸물거리다 깜깜해서야 집에 왔다.
내 몸인데 내 뜻대로 움직이지 못할 때도 있다.

그다음 날은 혼자 갔다.
없다. 둘레를 샅샅이 찾아
봐도 베짱이붙이는 보이지
않는다.

알만 덩그러니 빈 가지를 지키고 있다.
숲을 지키고 있다.
"베짱이붙이야, 어디 있노?"
며칠 지나면 자연으로 돌아갈 텐데 그새
눈 밝은 새한테 잡아먹힌 건 아니겠지?
그런들 어떠랴, 저런들 어떠랴. 사람이
간섭하지 않는다면 스스로 자연스러운
게 자연인 것을. 우주의 흐름인 것을.

Autumn

가을

#031 허수아비와
가을 들판

진주 문산읍에 다녀왔다. 허수아비 축제 마지막 날, 핑계 김에
가을 들판이 보고 싶었다. 금쪽같은 시간 내어 들에서 놀다 오면
바닥난 기운이 채워질 것 같았다. 기운 빵빵 솟을 것 같았다.

넥타이 맨 허수아비, 뽀뽀
하는 하수아비, 노동자 허
수아비, 줄넘기하는 허수아
비… 색색이 화려하다. 허
수아비 모습에도 시대와
문화가 드러난다.

허수아비보다 눈이 가는
아이들. 그래, 너희가 주인
공이다. '코스모스 한들한
들 피어 있는 길. 향기로운
가을 길을 걸어, 아니 머리
휘날리게 뛰어갑니다.'

허수아비 축제장을 둘러 봤는데 왠지 허전하다.
자연스러운 것, 꾸미지 않은 것 좋아하는 사람들이라 너나 할 것 없이
허한 표정이다. 문득 예쁜 마을이 생각났다.
"들이 예쁜 마을이 있는데, 가볼래요? 여기서 가까워요."
"네, 가요!"
망설이지 않고 대답하는 사람들, 이게 이심전심!
그 길로 진성에 있는 다랑논이 예쁜 마을로 갔다.
강의하러 가서 알게 된 마을이다. 그때는 겨울이라 텅 빈 들이었다.
그때 '논이 참 예쁘다' '이런 곳에서 살고 싶다'는 생각이 들었다.
역시 기대를 저버리지 않는다.
함께 간 사람들도 들이 정말 예쁘다며 입을 다물 줄 모른다.

오른쪽에 보이는 집이 2년 전에 강의한 작은 교회다.
교직원 연수에 참석한 선생님이 교회 아이들과 주일학교 선생님들한테
꼭 들려주고 싶은 강의라며 거듭 부탁했다. 바쁠 때라 몇 번 사양하다가
정성에 져서 갔더니 선생님은 목사 사모님이었다.

마을 앞 들을 본 순간, '안 왔으면 어쩔 뻔했나?
이렇게 예쁜 마을이 있는 줄도 모르고 살다 갈 뻔했네' 싶었다.
귀찮을 정도로 끈질기게 강의 요청한 선생님이 고마웠다.
강의 듣는 선생님들과 아이들 눈빛을 보고도
'참 잘 왔구나' 했다.

논두렁에 핀 억새.
농부들 땀방울이 꽃보다 고운 빛으로 물든 나락.
그 위를 나는 고추잠자리.
부드럽고 자연스럽게 굽은 논두렁.
물꼬에서 베어놓은 징검다리 같은 나락.
모두 어찌나 마음을 사로잡는지!

집 앞에서 콩을 털고 있다.
저 콩 누가 먹을까?

콩콩콩콩 통통통통!

이제야 몸도 맘도 그득하다!
이 맛을 아는 게 감사하다.
시골 농부의 딸로 태어난 게 내 삶에서 가장 큰 축복이다.

⁰³² 무 잘 무~께요

거창에 갔다. 어느 집 뒤뜰과 연못가에 물매화가 많다.
해마다 보지만 한자리에 그렇게 많이 핀 물매화는 처음 본다.

한참 넋을 놓고 바라보았
다. 깔끔하고, 야무지고,
도도하고, 틈이 없는 꽃!

지는 모습도 도도하다.

용담에 머리 들이민 벌.
다리에 꽃가루 경단을 매
달았다.

할아버지께서 마를 캐고 계신다. 마를 사려고 내려갔다.
해발고도 800미터가 넘는 곳. 마하고 오미자 농사가 잘된단다.

처음엔 재배법을 몰라 넙적한 마가 나왔는데,
이젠 경험이 쌓여 좋은 마를 생산한단다.

바닥에 떨어진 마 구슬눈.
뿌리 맛과 같다. 씨가 아니면서 씨처럼
싹이 터서 자라는데, 고랑에 엄청 떨어
져 있다.
"할아버지, 이거 좀 주워도 돼요?"
"하이고, 얼마든지 가져가이소. 싹 나면
잡초라 귀찮기만 해."

와, 횡재다!
줄기에 달린 것도 따고,
바닥에 떨어진 것도
주웠다.

줄기에 달린
구슬눈(주아, 살눈).

한 알 한 알 줍는 걸 보고 할아버지께서 줄기를 흔들란다. 줄기를 잡고 흔들자 후드득 떨어진다.

떨어진 걸 또 한 알 한 알 줍자 할아버지가 오셨다. "그렇게 해서 언제 한 봉다리 줍노. 슥슥 긁어모아서 쓸어 담으면 되지." 하며 본을 보이신다. 몸으로 터득한 지혜는 금과옥조.

그리고 얼마나 더 주웠을까?
"하이고! 샘예, 이제 슬슬 노동이 되네요."
"그렇지예? 고마 갈까예?"
꼴랑 30~40분 주웠을까? 처음엔 흑진주 줍듯 재밌더니 슬슬 꾀가 나고, 허리도 아프고, 어깨도 뻐근하다. 이래 가지고 뭔 일 해 묵고살겠노.

우리가 산 '마'에 할아버지가 엎어놓으신 허벅지만 한 마음 한 뿌리.
흐미, 거창하게 정시러븐 거. 이제 무 볼 때마다 거창 할아버지가
생각날 듯. "할아버지, 무 잘 무~께요."

마 덩굴 침대에
벌러덩 누워본
거창한 하루.

^{#033} 가을에 웬
파리똥?

날이 맑다. 하늘은 더 맑다. 창문을 열려고 베란다로 나갔다.
문을 여는데 파리똥이 다닥다닥 붙어 있다.

'어, 웬 파리똥?'
가을에 아파트 창문에 파리똥이 다닥다닥 붙어 있다니 어처구니가 없다.
여름에 음식물 찌꺼기를 제때 버리지 않아 초파리가 날기는 했다.

파리가 웽웽 나는 걸 잡은 적도 두어 번 있다.
그 결과가 창문에 닥지닥지 붙은 파리똥이란 말인가, 허 참.

창틀에는 더 많다. 베란다 바닥에도 있다. 기가 막힌다.
창문을 열어젖히고 파리똥에 대한 명상에 젖었다.
"불량 주부, 불량 주부, 불량 주부… 파리똥, 파리똥, 파리똥…."

염불하듯 나를 나무라는데, 아주 작은 뭔가가 창문에 부딪혀 떨어졌다.
"이건 파리똥이 아니네."
그 순간 여기저기 붙은 파리똥이 그렇게 예뻐 보일 수 없었다.

"너, 괭이밥 씨구나!"
무겁던 맘이 환해졌다.
"휴, 다행이다. 정체불명 파리똥인 줄 알고 불량 주부 제 발 저렸네."
화분에 괭이밥이 자라고 있는데 창문이며 베란다에 씨가 날아가
파리똥처럼 붙은 거다.

확대해서 본 모습이다.
오, 기특한 녀석! 화분 둘레에 떨어진 건 놀랄 일도 아니다. 화분이 거실 앞에 있는데, 안방 베란다까지 구석구석 날아가 붙었다. 창문 위까지 붙었다. 널어놓은 빨래에도 붙었고.

깨알보다 훨씬 작은 씨앗에 빨래판같이 골이 졌다.
"튕겨 나가서 박히듯 붙어 있으려고 요런 장치를 해두었구나."
자손을 퍼뜨리려는 식물의 지혜가 놀랍고 신기하다.

팽이밥은 요렇게 껍질이 터지면서 씨가 날아간다.

선괭이밥.
씨를 쓸어서 아파트 뜰에 뿌렸다.
씨앗 하나하나가 요렇게 피겠지?

#034 별이
보고 싶었다

별이 보고 싶었다.
며칠 전에 별을 봐둔 곳으로 갔다.
차가 씽씽 지나다니는 길가에 코스모스가 끝도 없이 피었다.

가을을 이고 바람에 흔들리는 코스모스.
살랑살랑 흔들린다고 우리 이름이 살사리꽃이다.
가을에 코스모스가 없다면 참 갑갑할 것 같다.
코스모스는 1910년대 외국 선교사가 우리나라에 들여온 꽃이다.
영어로는 cosmos, 우주라는 뜻이다.
이 작은 꽃에 왜 그 큰 우주라는 뜻을 담았을까?

놀랍게도 꽃을 찬찬히 보면 답이 나온다. 씨를 맺는 작은 꽃 하나하나가 별이고, 꽃봉오리도 별이다.

꽃술도 꽃가루가 터지기 전에는 별이다.
크고 작은 별이 수없이 많으니 우주다.

바람에 살랑살랑 흔들리는 우주! 예쁜 별이 뜨고 있다. 밖에서 안으로.

40년 동안 왜 코스모스인지 의문을 품고 살았다는 꽃동무,
꽃에서 수많은 별을 보고 우주를 발견한 것처럼 좋아한다.

어릴 때 코스모스 씨를 훑어서 학교에 가져갔다. 추억이 있어서 볼 때마다 정겹다.

코스모스 잎.
꽃하고 한 몸이라 냄새도 같다.

뒷모습도 곱다.
꽃이 햇살을 한 줌씩
선물 받았다.

그 속에 뜬 별을 찾으려고 억수로 많은 꽃에 코를 박았다.
코끝에서 코스모스 냄새가 난다.

꽃 하나에 씨 하나,
설렘은 우주만큼!

#035 쪽 다 팔렸다

"아이고, 허리야!"
"아이고, 팔이야!"
"내 비싼 등산복에 쪽물 튀었네. 우짜꼬?"
"내 손톱은 고구마 캔 사람 같아예."
요래 싸면서 쪽물을 들이고 놀았다.
하루 종일 자연 물을 들었는데도 자연이 고프다. 들꽃이 고프다.
돌아오는 길에 개쑥부쟁이가 핀 둑에 차를 세웠다.
그제야 다들 꽃같이 핀다.

연보랏빛 꽃 뒤에 줄을 묶고 물들인 걸 빨래처럼 널었다.
청출어람(靑出於藍)! 쪽에서 뽑아낸 푸른 물감이 쪽보다 푸르다.

제자가 스승보다 나음을 비유적으로 이르는 말이다.
청출어람에서 '람'은 '쪽 람'자로 여뀌과 한해살이풀 쪽이다.

하늘이 맑았으면 더 좋겠
다 싶지만, 그 앞에 서니
다 모델이다.

염색하는 곳에서 카메라를
꺼내지 않은 게 다행이다.
그 덕에 이리 예쁜 곳에서
쪽을 대접하고 있으니.

쪽물 손수건을 머리에 두
르고, 목에 걸치고, 거울
인 양 마주 보면서 좋아
어쩔 줄 모른다.

지나가던 차들이 빵빵거리고 간섭을 한다.
"거기서 뭐 하는교?"
"그기 뭔교? 영화 찍는갑네."
아이 참, 놀기도 바쁘구마 대답해주느라 더 바쁘다.
구경하는 차가 때때로 선다. 서너 대 줄줄이 서기도 한다.
후후, 한마디로 쪽 다 팔렸다.^^

기왕 팔린 쪽, 우리끼리 보면 아깝지. 얼굴을 속되게 이르는 쪽. 여기서는 이말을 써야 맛이 난다.^^

요로코롬 좋아 까불어 싸도 먼저 간 깔쟁이 님 없어 앞니 빠진 강아지다.

#036 느티나무 씨앗

절 마당에 느티나무 몇 그루 서 있다. 그 아래를 지나는데 들릴 듯 말 듯 느티나무 씨 떨어지는 소리가 난다. 토독 토도독!

모자 위에도 빗방울 떨어지듯 한다. 처음 들어보는 소리다.
꽃동무가 작은 소리가 나서 들어보니 놀랍게도 느티나무 씨 떨어지는
소리더란다. 귀 밝고 맘 밝은 꽃동무 덕분에 귀한 소릴 들었다.

환경부에서 씨앗 모으는 거 도와준다고 씨앗을 줍고 있다.

아줌마 둘이 이렇게 줍고 있으니 지나가던 노부부가 다가와 묻는다.
"그게 뭐예요? 어디에 좋아요?"
몸에 좋은 걸 줍는 줄 알았나 보다.

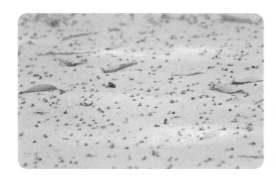

떨어진 씨앗과 잎.
누에 똥 같다. 비가 온 것
같기도 하고, 싸락눈 같기
도 하다.

가지 떨어져 아문 자리에
풀 한 포기 품어 키운다.
"에구,
애기똥풀 싹이구나!"

아기 느티나무다.
잎이 어긋나기로 났다.
큰 나무 아래서 하늘 뒤덮은 잎들 사이
로 들어오는 햇빛. 고루고루 최대한 많
이 받으려는 전략이다. 살기 위한 몸짓
이다.

아기 산벚나무와 아기 층층나무.
돌 틈에서 났다. 칼날 같은 돌 틈에서
어찌 살아갈까? 용케 뿌리내려 겨우 사
는 듯 보이지만, 세월 흐르면 돌무더기
끌어안고 살겠지? 품고 살겠지?

이 느티나무처럼!

느티나무는 노랗게 물드는 나무와 붉게 물드는 나무가 따로 있단다.

큰 느티나무도 한때는 아기 나무였다. 작은 씨앗이었다. 주목이나 은행나무처럼 1000년을 사는 느티나무. 모습도 멋지고, 정자나무도 많고, 최고급 목재로 쓰인다. 새 천 년 시작되고 산림청에서 밀레니엄 나무로 뽑았다. 나라 번영과 발전을 상징하고, 희망과 용기를 주는 나무로!

느티나무가 1000년 사는 비밀은 눈곱만한 씨에 있다. 씨에 우주의 흐름이 다 들어 있다. 생명이 들어 있다.

#037 배우고 왔다

자연이 좋다. 참말로 좋다.

살다 보면 진심이 말 오라기에 걸려 왜 이런 일이 생겼나 할 때가 있다.

그 일이 힘에 부치고 견디기 힘들 때,

가까이에 자연이 있다는 게 얼마나 큰 위로가 되는지 모른다.

눈에 보이는 현상이 전부일 수도 있고, 그렇지 않을 수도 있다.

귀에 들리는 소리가 전부일 수도 있고, 그렇지 않을 수도 있다.

시시콜콜 말하지 않아도 옳으니 그르니 하지 않는 자연.

그래서 자연에 가면 편안하다.

오늘도 나는 그 품에서 내 방식대로 해석하거나 확대해석 하지 않고

있는 그대로 보는 연습을 하고 왔다.

자연에서 배우고 왔다.

마음을 비우는 약이다.

기운 차리는 약이다.

용서하는 약이다.

떨쳐버리는 약이다.

감사하는 약이다.

웃는 약이다.

#038 등딱지가
탐나는구나

배내골 골짜기로 갔다.
골골이 단풍이 내려오고
있다.

들머리에서 사위질빵 열
매가 하얗게 반겨준다.

213

좀작살나무 열매도 예쁘게 익었다.
누가 그랬는지 꺾어놓은 가지가
여기저기 보인다.
"미안하다, 나무야.
다시 예쁘게 해줄게."

함께 간 꽃동무가 귀고리를 만들었다.
보석 디자인을 하는 사람, 자연에 와서
흉내만 내도 성공하겠다.^^

고욤나무 열매 고욤도
익고 있다.
숲에 사는 목숨들
겨울 양식이다.

아기 사람주나무.
어려도 사람주나무답게
물들었다.

아기 비목나무도
저답게 물들고.

가을 속으로 들어섰다.

앞서 가던 사람들이 느티
나무에 붙어 있다.
"샘, 얘가 누구예요?"
"어머나, 누군데 요래 이
쁜교? 등딱지가 장난 아니
게 이쁜데요!"

이러는데 다리가 눈에 들어온다.
"얘 다리 좀 보세요! 보랏빛 코일같이 형광빛이네요."
"와, 정말이네요."

청줄보라잎벌레.
이름도 예쁘다. 빛의 방향에 따라 무늬
가 달라 보인다. 꽃동무 하나가 이런다.
"샘, 우리 한 마리씩만 데려가입시더!"
가슴이 철렁했다.

"내려갈 때 가방 검사해야겠는데요."
이러고 돌아서는데 그 꽃동무, 얘한테 반했는지 또 한마디 한다.
"니 등딱지가 참으로 탐나는구나!"

아름다우면 소유하고 싶어지는 게 사람 마음이다.
소유하려는 맘이 예쁘게 자라면 그 대상을 온전하게 지켜주고
아껴주고 싶어진다. 자연에서 아름다움을 느끼고 감상하는 것은 그래서
소중하다. 마음에 자연이 깃들면 뭇 목숨들에 대한 사랑으로 이어진다.

가다가 풍광 좋은 곳에서
여유와 가을을 즐겼다.

참회나무.
작은 새가 날아와 씨앗 따 먹는 상상을
하니 웃음이 난다.

노박덩굴은 잎이 떨어진
걸 보고 덩굴이 어디 있나
올려다볼 때가 많다.

주름조개풀도 가을 물이
들었다.

쥐꼬리망초도 가을을 품
었다.

단풍만 구경해도 배부를 줄 알았는데
배꼽시계가 운다.

"밥 주세요, 꼬르륵! 어서요, 꼬르륵!"

단풍 든 숲에서 신선인 줄 알았더니
먹어야 하는 침승이더라!^^

#039 개구리밥
겨울눈

산남저수지에 갔다.
볕 쬐며 맑은 공기 마시니 모든 게 감사하다.

박주가리 씨앗이 바람을
타고 날아간다. 한방에서
나와 다 어디로 가서 싹이
틀까?

바람이 되어 박주가리 씨
앗을 날려봤다. 잘 살아라!
그렇게 놀다가 물 위에
초록 물감을 뿌려놓은 걸
봤다.

"저게 뭐지?"

왼쪽은 좀개구리밥, 오른쪽은 개구리밥.
좀개구리밥은 엽상체 하나에 실 같은 뿌리가 하나, 개구리밥은 엽상체 하나에 뿌리가 여러 개다.

잎처럼 생겨서 엽상체라 하는데, 줄기와 잎 구실을 한단다.
엽상체가 자라면 그 옆에 작은 엽상체가 생긴다. 흰 실 같은 걸로 이어졌다.
하나가 4~5개로 된 엽상체가 되면 이어진 곳이 끊어져 둘로 나뉜다.
나뉜 개구리밥은 자라서 또 나뉘고. 그래서 개구리밥은 논을 덮으며 자란다.

"어머나, 어쩜!"

맑디맑은 보석이다. 개구리밥 겨울눈이다.

확대경으로 보여주지 못하는 게 안타깝다.

세상에! 요 작은 것이 겨울에 물에 가라앉았다 봄이면 떠올라 살아간다니!

생명이 들어 있다는 것도 신기하고, 스스로 살아갈 힘을 품고 있다는 건

감동이다.

#040 황금 나무
비누 나무

꽃동무 한 사람이 수능 시험 치는 아들을 위해
기도를 하고 싶다고 해서 오늘 꽃모임은 절에 가기로 했다.
"그래요, 아들을 위해서 우리도 마음을 모아줄게요."

가는 길.
산 위부터 단풍이 고물고
물 내려오고 있다. 노랗게
물든 칡 잎은 떨어진 게
많다.

칡덤불에 나타난 외계인.

무당벌레.
껍질 벗은 지 얼마 안 된 듯. 무당벌레
는 종류만 70가지 정도 된단다. 등딱지
무늬와 색깔이 가지가지다.

꽃동무 하나가 청가시덩굴 씨앗에 반해
귀고리를 만들었다.

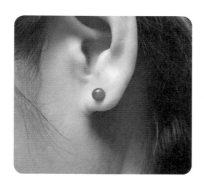

청가시덩굴 귀고리.
공장에서 만든 귀고리는 하고 싶지 않
은데 이 귀고리는 해보고 싶다 하자, 순
간접착제로 붙이려고 따라다녀서 도망
치느라 혼이 났다. 내 귀에는 귓구멍 말
고는 없다.

절 계단에 있던 사마귀.
밟을까 걱정되어 감나무 잎에 태워 뜰
에 놓아주었다. 곱게 물든 잎이 맘에 들
었을 거다.

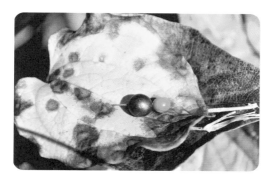

청가시덩굴 열매.
껍질을 벗기면 이렇게 빨
간 보석이 있다.

선밀나물 열매.
속에 든 씨가 청가시덩굴
처럼 보석 같다. 동그랗지
않고 살짝 삐뚜룸한 게 선
밀나물의 매력이다.

은행나무.
한 나무에서 이렇게 다르다. 볕 잘 드는
쪽은 샛노랗고, 반대쪽은 이제 물들기
시작했다. 한 몸, 한 뿌리에서 이렇게
다르니 선 자리 다르면 오죽하랴.

점심을 먹고 백련암 은행
나무를 뵈러 갔다. 단풍
고울 때를 가늠하려고 갔
다가 좋아서 입이 쩍 벌어
졌다.

와, 황금이다.
세상 시름 잊히는, 욕심
비워지는 선물이다.

무환자나무도 잎을 떨구고 있다.
심으면 근심 걱정이 없어진다는 나무.
몇 년 전에 왔을 때는 스님이 염주 만든
다고 열매를 줍고 계셨는데, 올해는 얼
마 없다. 열매 달리는 나무는 해걸이를
한다.

무환자나무 열매.
노랗게 익었다.

떨어진 열매.
뚜껑 있는 주전자 같다.

까만 씨는 염주 만들고, 노란 껍질은
비누로 쓴다.

껍질을 물에 담갔다 비비면
거품이 인다.

이곳에 나무가 있어 감사하다.
이곳에 내가 있어 또 감사하다.

나무 아래서 세상 시름 다 잊으니
나무가 또 선물을 준다.

2010. 11. 10

#041 동물 농장

여름내
한 일 고와서
곱게 물들었다.

한 장 한 장 주워
부엉부엉,
찍찍,
야~옹!
동물 농장 열었다.

느티나무, 백목련, 중국단
풍, 살구나무, 은행나무,
산사나무, 이팝나무, 굴참
나무.

백목련, 산사나무,
이팝나무.

굴참나무.

❶ 떨어진 잎으로 하는 게 좋다.

❷ 귀가 될 곳을 찢거나 자른다.

❸ 잎몸에 구멍을 내고,
잎자루를 끼운다.

❶. ❷. ❸ 차례로 하고 눈, 코, 입을 그리면 완성. ^^

층층나무 잎으로 만든 동물들.

#042 단풍에
물든 사람들

두 시간 강의를 마쳤다.

점심 먹은 뒤 잠깐 쉬며 머리도 식힐 겸 색깔 놀이를 했다.

단순한 놀이를 다들 어찌나 즐거워하던지.

종이 끈으로 만든 색깔 동그라미. 종이 끈과 닮은 색깔로 물든 잎을 주워 돌레돌레 놓으면 끝.

물든 잎을 주워서 모둠별로 재미 솔솔!

"이건 여기!"
"이거 생각보다 재밌네요. 머리도 써야
하고요."

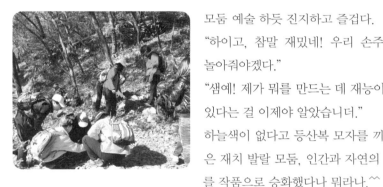

모둠 예술 하듯 진지하고 즐겁다.
"하이고, 참말 재밌네! 우리 손주하고
놀아줘야겠다."
"샘예! 제가 뭐를 만드는 데 재능이
있다는 걸 이제야 알았습니더."
하늘색이 없다고 등산복 모자를 끼워놓
은 재치 발랄 모둠, 인간과 자연의 조화
를 작품으로 승화했다나 뭐라나.^^

"언니, 이거 참 재밌다 그지?"
"그러게… 내가 요새 뭘 이렇게
재미나게 해본 적 있나 싶네."

가을 숲엔 햇살이 비쳐들고, 사람들 가슴엔 가을이 스며들었다. 자연이 물들었다. 함께 강의한 박 선생님도 정말 재밌단다.

아이고, 색깔은 자연을 따라올 게 없는 기라.

와, 이 작품은 막대기를 놓아 해바라기를 만들었다.

아, 고운 가랑잎!
가을 고픈 사람한테 와라라 뿌려주고 싶다.

겨
울

Winter

숲이 된 나무도 고맙고, 나무를 심은 사람도 고맙다.

고운 노래 불러주는 박새도 고맙다. 걸을 수 있고, 볼 수 있고, 들을 수 있고,

맑은 공기 마시며 몸 구석구석, 세포 하나하나

숲에 반응하는 게 마냥 고맙다.

#043 우포늪에서 만난 멋진 새

겨울 늪에 대한 강의가 있어, 아침 일찍 우포늪에 갔다.

큰 나무 꼭대기에 까치집이 두 개 있다.

말벌 집도 있다.
말벌 집을 스쳐온 바람이 맛있다. 입으로 먹는 것보다 눈으로 먹고, 코로 먹고, 귀로 먹고, 피부로 먹고… 자연에선 온몸으로 먹는 게 더 많다.

노랑쐐기나방 고치도 보인다.
요기서 애벌레가 깨어나와 세상을 처음
보는 느낌이 어떨까? 작은 애벌레가 되
는 상상을 했는데 설렘은 엄청 크다.

사마귀 알집이 나무에 붙어 있다.

쑥대에 왕사마귀 알집도 있다.
겨울엔 잎에 가려 보이지 않던 모습이
잘 드러난다. 겨울은 숨은 보물을 찾는
시간이다.

찔레꽃 열매.

참느릅나무 열매.
둘 다 겨울나는 목숨들
생명 이어주는 먹이다.

멧밭쥐 집을 보고 누가 붉은머리오목눈
이 집이라며 좋아했다. 제대로 보고 나
면 설명해주려고 여유를 부리는데, 한
분이 말했다. 멧밭쥐 집은 입구가 옆으
로 나 있고, 붉은머리오목눈이 집은 위
로 나 있다고. 정확하다. 자연에서 배우
고 가르쳐주니 여유로워 좋다.

조금 더 가니
붉은머리오목눈이
집이 딱 나온다.^^

은사시나무가
'나 여기 있어요!' 한다.
뽀얀 가지가 겨울에
잘 드러난다.
나무도, 사람도
드러날 때가 있다.

쪽지벌 징검다리를 건너 물억새 길로
들어갔다. 징검다리에서 개구리밥 겨울
눈과 말즘, 생이가래 홀씨주머니를 보
며 선생님들이 아이처럼 좋아했다.

개구리밥과
개구리밥 겨울눈.
(221~222쪽에 잘 나와 있다.)

말즘.
물속에 잠겨 자란다.

생이가래.
동그란 벌레 알 같은 게
홀씨주머니다.

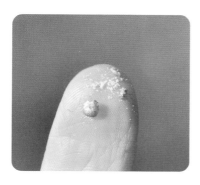

생이가래 홀씨주머니 속에 가루 같은
홀씨가 가득 들어 있다.

기름띠같이 보이는 건 생
이가래와 물풀이 녹은 흔
적이다. 자연에서 나서
자연으로 돌아가는 모습
이다.

물억새 오솔길로 걸었다.
얼핏 보면 썰렁할 것 같은
겨울 늪. 여백의 미와 여
유로움이 좋다.

늪은 온갖 목숨을 품고
오래전부터 거기 있다.

왝 왝, 울어서 이름도 왜가리.
뭘 보고 있니?
누가 얘 보고 독거노인이라 했다. 혼자
있고, 고독해 보인다고.
왜가리야, 이게 사는 꼴 생태지만 우리
주변 독거노인은 안타깝다.

조금 뒤 아주 가까이에서 대백로를 만
났다. 대백로는 쇠백로보다 크고, 부리
와 다리가 노랗다.
으아, 멋진 친구!
한 발 한 발 천천히 걸으며 멋진 모습
보여준다. 겨울 늪 즐길 줄 아는 사람한
테 준 선물이다.

#044 우담바라

계곡에서 겨울바람 흠씬 마시고 내려오다 며칠 전에 봐둔 굴참나무로 갔다.

풀잠자리 알.
불가에서는 3000년 만에 피는 꽃으로 알려진 우담바라다. 보여주니 꽃동무들이 귀한 선물 받은 얼굴이다.

작고 가녀린 자연이랑 한참 눈 맞추고 점심 먹으러 식당에 갔다.

여기저기 구경하고 연잎밥을 주문해 먹는데, 주인이 담을 쌓는 게 보인다. 하얀 무명실을 묶어두고 수평을 맞추느라 고개를 숙였다 담장을 만졌다 한다.

밥을 먹고 주인아저씨가 일하는 데로 올라갔다.
아저씨는 우리 것에 대한 사랑이 남달랐다. 한옥도 직접 배워서 지었고,
식당 음식도 조미료를 쓰지 않는단다. 담 쌓는 모습을 봐서 그런지
음식에 대한 믿음이 갔다. 아저씨가 차를 대접해주겠단다.

아저씨가 화장실 가다 본 작은 방으로 안내한다.
"어머나, 아까 이 방에서 밥 먹고 싶다 생각했어요!"
아저씨는 빙그레 웃으며 보이차를 주신다.

그리고 식당에 우담바라가 피었다고 보여주겠단다. 꽃 잘 피라고 물을
주었단다. 윽! 겨울에 찬물 한 바가지 뒤집어쓴 기분이다.

손수 지었다는 한옥 댓돌
틈에 풀잠자리 알이 있다.
이크! 아저씨가 물을 주어
시커매진 풀잠자리 알.

놀라고 들뜬 아저씨 마음에 찬물 끼얹는 것 같아 풀잠자리 알이라고
굳이 말하지 않았다. 대신 풀잠자리가 내년에도 그곳에 알 낳아주기를,
아저씨 사업이 번창하기를 빌었다.

식당 뒷산에 올라갔다. 주인아저씨도 따라왔다.
소나무 껍질로 끼워 맞추기를 해보라니 아주 즐겁게 한다.

소나무 껍질. 퍼즐 같다.
결국 하나도 못 맞췄지만 보는 사람, 하
는 사람도 아이처럼 즐거웠다.

마삭줄 열매가 벌어졌다.

뭐냐고 물어서 마삭줄 열
매라니 눈을 못 뗀다. 얼
핏 깃털인 줄 알았단다.
꽃동무들도 마삭줄 열매가
이렇게 예쁜 줄 몰랐단다.

한번 날려보라고 하니 아이처럼 좋아한다.
아저씨는 뽑아서 집 담장에 심을 줄만 알았지 꽃이 피는 줄도,
열매 맺는 줄도 몰랐다고 고백한다.

이렇게 신기한 열매를 매단 게 놀랍다고,
자연이 정말 경이롭다고, 무식이 눈을 좀 떴다고….
함께한 짧은 시간, 자연을 보는 눈이 트였단다.

#045 도토리와 겨울눈

겨울 숲을 둘러보기로 했다. 숲에 들어서자마자 도토리 형제가 눈에 띈다.

이끼가 덮인 곳에 뿌리 내린 도토리.

껍질 홀라당 벗어 던진 도
토리.
이제까지 자기를 보호해주
던 껍질, 벗지 않으면 자랄
수 없다.

다람쥐가 숨겨놓았을까?
요 작은 도토리들이 추운
겨울을 나고, 자라서 숲의
주인이 될 거라 생각하니
감동이 치솟는다.
"도토리야, 장하다!"

청미래덩굴 겨울눈.
지난 잎자루가 싸서 보호
하고 있다.

어린 감태나무는 겨울에도 잎이 거의 달려 있다. 숲엔 온갖 생명이 저답게 봄을 준비하고 있다.

가막살나무 겨울눈.
꽃과 잎이 섞여 있는 섞임눈이다.

잎과 꽃이 같이 들었는지 궁금하다고 해서 확인해봤다. 손이 곱아서 겨우 발랐다.

진달래 겨울눈.
잎 진 흔적이 귀엽다. 어린줄기에 보송
보송한 털도 귀엽다.

좀작살나무는 맨눈으로 겨울을 난다.
요걸 펼쳐보면 잎 모양이 다 갖추어져
있다.

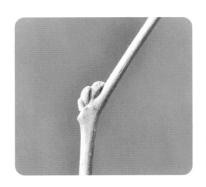

때죽나무 겨울눈.
동생 업은 언니 같다.

칡 겨울눈과 잎 진 자리(엽흔).
원숭이 얼굴 닮았다.

잎맥만 남은 칡 잎.
개울가에 있었다.

유리산누에나방 고치가 보인다.

참나무 종류에 사는 혹벌 벌레혹(충영). 참나무 혹벌 종류가 알을 낳거나 기생한 자극 때문에 식물 조직이 혹 모양으로 자란 것을 말한다. 어른벌레가 빠져나간 구멍이 보인다.

참나무잎혹벌 벌레혹도 보인다.

숲은 어느 때나 보물 창고다.

#046 가랑잎 비

숲에 가면 참 잘 논다.

고삐 풀린 망아지처럼 온갖 게 신기하고, 보는 것마다 궁금하다.

산에 흠뻑 빠져서 놀다 보면 시간이 어쩌면 그렇게 잘 가는지.

꽃모임을 하면서 일주일에 한 번씩 숲에 간 게 10년도 넘었다.

정해놓은 날 말고도 틈만 나면 간다.

지난 한 해는 더 잘 놀았다.

다 큰 어른들이라 처음엔 몸으로 노는 걸 어색해했다.

체면 생각하고, 다른 사람 눈 의식하느라.

그런데 이제는 먼저 나서서 논다.

맑은 공기 마시며 신나게 노는 게 어떤 일보다 즐겁고

행복한 걸 몸이 먼저 아니까.

몸이 즐거우면 마음도 즐겁다.

와하하하! 가랑잎 비가 내린다.

떨어진 잎을 살펴보고, 자기 닮은 잎을 주워 이야기도 나누었다.

그러다 누가 먼저랄 것도 없이 가랑잎을 뿌리며 논다.

하늘에서 가랑잎 비가 내린다.

그 순간 옷이 더러워질까, 쯔쯔가무시병에 걸릴까…
이런 염려는 하지 않았다.
숲에서도 놀아본 사람이 잘 논다.
지금도 나한테 선물을 주고 싶어 안달이 난다.

'조금만 참아! 앉아서 글 썼으니 멋진 선물 줄게.'
선물은 뒷산에 올라 가랑잎 밟으며 걷는 거다.
가랑잎에 벌렁 드러누워 하늘도 봐야지.
아 참, 같이 놀 사람?

가랑잎에서 노는 모습

아유, 귀여워!^^ 가랑잎 뿌리며 논다.

가랑잎 한 장 가지고
뭐가 이래 즐거울까!

영구 없다, 크크.
이파리가 큰 거야,
얼굴이 작은 거야?

가랑잎이 좋아서 벌러덩!
그대로 자연이다.

가랑잎 이불 덮고 겨울잠 자는
다른 목숨이 되어봤다.

#047 대숲에서 꽈리 불기

대숲이 바람에 일렁인다.
이런 소리가 들릴 것 같다.
"임금님 귀는 당나귀 귀!"

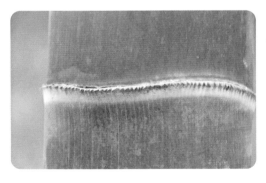

마디에 가시 같은 게 있
다. 죽순 껍질이 떨어지면
서 생긴 흔적인지 무척 날
카로워 보인다. 어떤 느낌
일까 궁금해 만지려는데
조심스럽다.

꽃동무 하나가 이런다.
"샘예, 그 가시 엄청 날카로워요. 조심하세요!"

'언제 요런 걸 다 만져봤다냐!'
속으로 존경하며 손을 대니 뜻밖에 아주 부드럽다, 솜털처럼.
"아잉, 뭐야! 선무당이 또 아는 척한 거야? 아주 부드럽구만."
후후, 덕분에 한참 웃었다. 심심풀이 땅콩 같은 추억 하나 더 생겼다.

잘린 대통이 보인다.
동전도 던지고, 돌멩이도
던지며 놀았다. 제대로 넣
지 못하자 달과별이 님이
이런다.
"던지기 전에 5초쯤 꼬나
보이소. 그러면 잘됩니더."

그럴싸해서 시범을 보이라니 몇 번을 던지는데 다 헛방이다.
그래서 또 한바탕 웃고.

이번엔 분이 뽀얀 줄기에
그림을 그리고 놀았다. 상
처 나지 않게 분만 살살
긁어내며 그렸다. 동화 속
주인공같이 예쁘다. 누가
얼굴은 토낀데 몸은 오리란
다. 듣고 보니 정말 그렇다.

한 사람은 꾹꾹 눌러 그렸다. 대숲에 사는 지네는 잘 그렸구마 대나무는 좀 아프겠다.
크! 자연에서 노는 것도 급이 있다.^^

방금 베어낸 듯한 대나무 그루터기가 깨끗하고 희다. 막이 두꺼울까? 꼬챙이로 쑤신다. 생각보다 두껍고 딱딱하다.

돌멩이를 주워서 콩콩 찍어본다.
부서진 조각이 국수 꽁다리 같기도 하고, 누룽지 같기도 하다.
한 조각씩 물고 맛을 본다. 살짝 달큼하고 대나무 향이 난다.
깨물어보니 딱딱해서 이 다치게 생겼다. 몇 번 빨다가 대숲에 돌려줬다.

대숲을 빠져나오니 산수
유가 있다. 대숲 아래 산
수유가 있으니 경문왕 이
야기가 또 생각났다.

"임금님 귀는 당나귀 귀!" 소리가 나는 대나무 숲을 베고 산수유 심은
뒤에는 "임금님 귀는 길다!" 이런 소리가 났다지?
크크, 산수유 열매는 길다.
산수유, 새콤새콤, 아이 셔!

꽈리도 보인다. 꽈리 만들
려고 몇 개 땄다.

아고, 맛나 보인다.
먹으려고 하나 더 땄다.

입에서 살살 굴리다 톡 터뜨리니 새콤하면서 방울토마토와 까마중
중간 맛이 난다. 꽈리는 잘 익으면 먹을 수 있지만, 독이 있으니
많이 먹으면 안 된다.

꽈리 만들기 삼매경에 빠
졌다.

한참 뒤 꽈리 완성.
씨랑 과육이 빼도 빼도 끝이 없더니 그래도 끝이 있었다.
하나는 달과별이 님 것, 하나는 내 것.

꽈리 터뜨리지 않고 그 많은 씨 다 뺐다고 나한테 칭찬했다.
중간에 터뜨려 포기한 깔쟁이 님은 그 참에 씨앗 수를 셌다. 대충 세더니
200개쯤 되겠단다. 애저녁에 포기한 맑음 님이 꽈리 씨 빼는 거 보며
머리를 흔들었다.

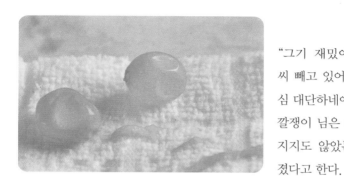

"그기 재밌어예? 아직도
씨 빼고 있어예? 와, 인내
심 대단하네예."
깔쟁이 님은 내 꽈리가 터
지지도 않았는데 자꾸 터
졌다고 한다.

나중에 한번 불어보자고 하기만 해봐라.^^
완성된 꽈리를 불었다. 터지지 않게 조심조심 불다 보니 나도 모르게
눈이 위로 떠졌다.
깔쟁이 님이 눈 뒤집어졌다고 놀려서 또 웃고. 눈까지 뒤집으며 부는데
지켜보는 사람들이 난리도 아니다. 표정이 엄청 웃긴다고.
뭔 일인지 몇 번이나 불어도 '꽈륵꽈륵' 소리는 나지 않고, 푸시시시 바람
빠지는 소리만 난다. 깔쟁이 님이 그것도 못 부냐고 구박을 한다.
"그럼 어디 한번 불어보쇼."
하지만 꽈리가 없다. 내가 불던 꽈리를 씻어주니 처음엔 망설이더니
열심히 분다. 남이 불던 거 분다고 맑음 님은 더러워 죽겠다고 난리다.^^

불기 전에 꽈리에 바람을 넣는다.

당당한 매력 덩어리 그녀도 뭔 일인지 이건 얼굴 다 나오게 찍지 말란다.

"알았어요. 주문대로 얼굴은 안 나오게 찍지 뭐."

히히, 당겨서 찍으니 여드름 자국까지 보인다.

이거 보면 깔쟁이 님 까무러칠 거다.^^

꽈리를 입에 넣고 부는데 피식 바람 빠지는 소리가 난다.

나보고 못 분다고 구박하더니 자기도 마찬가지다.

옛날에 사서 불던 고무 꽈리 생각난다.

꽈리 불며 깔깔거리고 나오는데 커다란 뽕나무에 버섯이 보인다.

느타리버섯 같아 큰 것 몇 개 따놓고 아무도 안 가져간단다.

어잉, 이건 또 뭔 상황이래?

다들 반찬 하기 귀찮은가 보다. 혹시 독버섯이면 어쩌나 싶어서일까?

우짜겠노. 실험 정신 둘째가라면 서러운 내가 살신성인해야지.

자기들은 나보다 어리니 기중 오래 산 나 혼자 다 먹으란다.

아이쿠 머리야! 몇 살이나 어리다고!

좋은 수가 있지. 버섯 박사 산그린 샘한테 여쭤보고 먹어야지. 메롱!^^

버섯 박사한테 여쭤보니 느타리버섯 맞단다. 아싸!

뽕나무야, 안녕! 겨울 견디면서도 많은 거 보여줘서 고마워.

대숲도 안녕, 다음에 또 올게.

#048 강아지풀 이쑤시개

씨앗을 떨어뜨린 강아지
풀 줄기를 잘랐다.
"강아지풀아, 내가 이쑤시
개로 바꿔줄게."

줄기를 적당한 길이로 비
스듬히 자른다.
이쑤시개는 잘 쓰지 않지
만 필요할 때가 있다. 비빔
냉면 먹었을 때나 아귀찜,
갓 버무린 김치 먹었을 때
요긴하다.

자른 강아지풀 줄기를 소금물에 한 시간 정도 담가 소독한다. 말려서 깨끗한 수건으로 닦으면 끝.

자연으로 돌아가기 전에 한 번 더 쓰고, 자연에 돌려주는 강아지풀 이쑤시개. 굵기와 단단하기가 알맞고, 침에 닿는 순간 부드러워져 잇몸에 상처를 덜 낸다.

음식 찌꺼기하고 같이 버려도 괜찮다.
사료에 섞여도 좋고, 거름으로 써도 좋다.
상 치울 때 손 찔릴 염려도 없으니 괜찮은 재료다. 돈도 안 든다.
강아지풀 이쑤시개를 놓아둔 식당이 있으면 가고 싶을 거 같다.
강아지풀을 아주 좋아하는데, 이쑤시개 덕분에 더 좋아하게 생겼다.
음, 기분 좋다! 하나는 예쁜 사람 보이면 선물해야지.^^

#049 방학하고
야동 보고

꽃모임 방학이다.
화포천에 가서 새도 보고, 겨울나는 짐승 흔적도 봤다.

버드나무, 물억새, 물….
화포천 겨울 모습이다.

물길에서는 청둥오리가
동동동동 논다. 여름에는
여기에 노랑어리연꽃이
핀다.

물길에 민물조개 대칭이
가 지나간 흔적이 있다.

뻘 뒤집어쓴 대칭이가 보
인다.

대칭이 보다가 고개를 드
니 딱다구리가 보인다.
"와, 세 마리다!"
청딱다구리 한 마리, 큰오
색딱다구리 두 마리. 망원
렌즈 바꾸는 사이 날아갔
다. 본 것만도 좋다.

이 물길은 낯설다.
하천형 자연 습지에
왜 이런 물길을 냈는지
궁금하다.

동물 흔적을 살피고 있다.

고라니 발자국.
길쭉한 심장 모양이다.

고라니가 먹었을까?

고라니 똥도 있다.

삵 똥이다.
"똥 덩어리야, 반갑다.
쥐 잡아먹었나?
똥에 털이 보이네."
똥 임자가 보고 싶다.^^

삵 발자국.
고양잇과 짐승은
발톱 자국이 안 보인다.

기륵기륵, 끼륵끼륵!
새 떼가 날아오른다.
기러기 종류다.
건너편에서 누가
놀라게 했을까?

비 비 비!
붉은머리오목눈이,
물억새 씨 먹고
예쁜 소리 낸다.

기러기 종류가 밭에
무리 지어 있다.
너무 멀다.

대신 청둥오리가
머리 위로 멋지게 난다.

보리도 밟아주고, 기념사진도 찍었다.
겨울에는 흙 속에 있는 물이 얼고 서릿
발이 서 땅이 부푼다. 흙이 들뜨면 보리
뿌리가 마르거나 얼기 쉽다. 그래서 보
리를 밟아주는 걸 보리밟기라 한다.

점심 먹은 뒤 사람들을 꼬드겼다.

"우리 집에 가서 차 마시며 야동 보입시더."

다들 호기심 가득한 얼굴이다.

보통 땐 엄전하고 바쁜 사람들이 야동 보려고 우르르 모였다.

집에 오자마자 야동을 틀어주니 다들 흥분의 도가니다.

야동! 한 해 동안 꽃요일에 산과 들을 뛰어다니며 논 동무다.

주인공이 꽃동무들이다. TV에 연결해 보여주니 좋아서 어쩔 줄 모른다.

꽃모임 1년 결산이라고나 할까.

이순재 어르신이 말하는 야동이 아닌, 뭔가 다른 게 있을 거라

짐작은 했어도 설마 자기들 모습이 나올 줄은 몰랐단다.

누구는 곤충 짝짓기가 아닐까 생각했단다.

"우리가 정말 이쁘게 놀았네요!"

"저 날 숲, 정말 멋졌어요."

"숲에서는 모두 그림이 되네요!"

"내년에도 야동 많이 찍어요!"

자연 속에서 더없이 자연스러운 사람들. 이제까지 본 야동 가운데 최고란다.

야동답게 궁둥이 쳐들고 들꽃과 눈 맞추는 야시시한 모습도 하나 있었다. 이거 보고 다들 뒤로 자빠졌다.

⁰⁵⁰ 새가 되고 싶어

주남저수지에 갔다. 저수
지에 큰고니랑 오리 종류
가 많다.

얼음 위를 걷는 큰고니.
물갈퀴 달린 발이 보인다.
큰고니는 천연기념물 제
201-2호다. 흔히 말하는
백조가 고니다. '백조의
호수'에 나오는 백조도 고
니다.^^

곤~ 곤~ 하고 울어서 우리 이름이 고니. 검은 부리에 노란 물감을
칠해놓은 것 같다.

헤엄칠 때는 발을 오리발처럼 움직인다. 크, 사람들이 이거 보고 수영장 오리발을 만들었을 거다.

"깃털 다듬어 고순이한테 잘 보여야지." ^^

매자기 뿌리줄기를 찾았다. 얼른 삼키지 못해 물었다 놓았다 한다.

매자기 뿌리줄기.
겨울 철새한테 영양 덩어
리 먹이다.

궁둥이와 배가 장난 아니
게 무거워도 큰고니는 잘
난다.^^

왼쪽 아이는 목에 빨간 줄
을 묶고 있다. 이동 경로
따위를 알기 위해서 사람
이 끼운 건데, 저걸 끼우고
살아야 하는 게 정말 싫지
않을까?

물이 얕은 곳에 노랑부리
저어새가 많다. 먹이 찾느
라 부리를 저어댄다. 목
디스크는 안 걸리겠다.^^

"부리를 보여줘!"

노랑부리저어새(앞)와 대
백로.
대백로가 물고기를 잡았다.
노랑부리저어새는 부리를
물에 넣고 저어도 신통한
거 하나 건지지 못한다.

물에 사는 닭, 물닭이다.
"물닭아! 맛있니?"

쇠오리 암컷(앞)과 수컷.

수리부엉이가 먹고 남긴 흔적이란다.
쇠오리 발(왼쪽)은 물갈퀴가 있고, 물닭 발은 판족이 있다. 헤엄치는 발도 다 다르다.

#051 향기를 베고 자는
사람들

편백 숲에 갔다. 편백 베개를 팔고 있다. 식구들이 생각났다.
'편백 베개가 몸에 좋다는데 하나 살까? 짐만 늘리는 게 아닐까? 맞다.
이런 말 있지. 여행 갈까 말까 망설이면 떠나고, 물건 살까 말까 망설이면
사지 마라.' 향기 나는 베개를 놓고 나왔다.

앞서거니 뒤서거니 편백
숲으로 들어섰다. 쭉쭉 뻗
은 나무를 올려다보는데
이보다 좋을 수 없다.

꽃동무 하나가 이런다.
"올 목표 가운데 하나가 편백 열매로 남편 베개 만드는 거였는데 못 했어요."
"올해가 며칠 안 남았구마. 이참에 목표 달성 하이소! 우리가 도와줄게요."
다 같이 엎드려 편백 열매를 주웠다. 마른 꽃봉오리 같기도 하고,
구슬 같기도 한 열매를 줍는데 보물을 줍는 기분이다.
손에 닿는 느낌이 좋다. 주울 때마다 냄새를 맡는다. 음, 향긋하다.

한 알 한 알 줍다가 슬그머니 욕심이 생겼다.

"나도 남편 베개 하나 만들고 싶다."

"같이 만들어요."

그래서 다 같이 베개를 만들기로 했다. 새가 모이 줍듯, 황금을 줍듯
그렇게 열매를 주웠다.

"이거 베고 자면 날마다 숲에서 자는 것 같겠죠?"

"우리가 숲에서 맑은 공기 마시며 삼림욕을 하고, 식구 위해서 열매를 줍고, 자연한테 감동하고, 사는 이야기하며 웃고 떠들고… 이걸 경제적 가치로 셈하면 얼마나 될까요?"

"그야 목숨 값이죠!"

와! 그 짧은 순간 어떻게 200퍼센트 공감하는 대답을 할 수 있나.
정말 그랬다. 그만큼 그 시간이 감사하고 행복했다. 베개 얘기를 꺼낸
사람도 고맙고, 말 꺼내자마자 즐기며 같이 하는 사람도 고맙고.
숲이 된 나무도 고맙고, 나무를 심은 사람도 고맙다. 고운 노래 불러주는
박새도 고맙다. 걸을 수 있고, 볼 수 있고, 들을 수 있고, 맑은 공기 마시며
몸 구석구석, 세포 하나하나 숲에 반응하는 게 마냥 고맙다.
대답을 듣고자 물은 게 아닌데, 목숨 값을 공짜로 베고 자게 생겼다.

편백 잎 뒷면.

Y자 모양이 숨구멍이다. 식물이 숨구멍으로 뿜어내는 피톤치드를 쐬는 걸 삼림욕이라 한다. 피톤치드 주성분이 테르펜인데, 천연 향료를 만드는 재료로 쓴다.

편백 열매.

소쿠리에 담으니 꽃같이, 보석같이 예쁘다.
열심히 줍느라 애쓴 발도 호강한다. 발이 좋아서 까르르 웃는다.

손도 대접해주었다.
예뻐서 한참 가지고 놀았다.

편백 열매 베개 이렇게 만들었다

1

열매 씻기.
이렇게 씻고 나니 손이 매끄럽
다. 그래서 욕조에 가득 넣고 목
욕했더니 여기저기 가렵고 울긋
불긋하다. 넘치면 모자람만 못
하다. ^^

2

열매 찌기.
온 집 안에 편백 냄새가 퍼진다.
숲 냄새가 퍼진다.

3

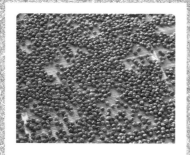

열매 말리기.

4

말린 열매를 베개에 넣으면 완성.

● 2005. 1. 25

#052 황금박쥐

안에서 바깥으로 본 굴 입구.
박쥐를 보러 갔다. 굴 입구가 생각보다
좁다. 박쥐 박사가 손전등을 들고 앞장
섰다. 굴에 들어가니 으스스하다.

손전등 뒤에 바짝 붙어 들어갔다.
겨울잠 자는 애들을 깨우면 안 되니 뒤꿈치를 들고 살금살금 걷는다.

들어가는 쪽 벽이 축축하다.

조금 안에 구석구석 징그러울 정도로 꼽등이가 많다.

바닥에 박쥐 똥이 널렸다. 박쥐는 보이지 않는다. 조금 더 들어가더니 박쥐 박사가 천장을 가리킨다. 숨이 멎는 줄 알았다.

여기저기 박쥐가 거꾸로 매달려 있다.
눈이 빠지게 봤다. 배만 팔딱팔딱 뛴다. 숨을 쉬고 있다!
살아 있다는, 목숨이 붙어 있다는 증거다.
생물과 무생물 차이는 간단하다.
숨을 쉬면 생물, 숨을 쉬지 않으면 무생물이다.
죽은 듯 자는데 팔딱팔딱 뛰며 피를 나르는 심장이 놀랍고 신기하다.
내가 잘 때 내 심장도 저렇게 뛰겠지?

관박쥐.
이렇게 붙어 자는데 안 떨어지는 게 신기하다. 서양 장례식에서 쓰는 관을 닮아서 관박쥐란다.

조금 더 들어가니 붉은빛 도는 박쥐가 보인다. 박쥐 박사 눈이 휘둥그레진다.
"와, 붉은박쥐예요! 황금박쥐라 부르기도 합니다."
"방송에나 나올 법한 그 황금박쥐 말이에요?"

더 잘 보이는 곳으로 가다 미끄러졌다. 나도 모르게 비명을 질렀다.
갑자기 기차같이 큰 물체가 우두두두 지나가는 소리가 나더니,
박쥐 여러 마리가 한꺼번에 머리 위를 날아다녔다.
박쥐 박사가 그 자리에 가만 엎드려 있으란다.
놀라움도 잠시, 어찌나 무섭던지…. 박쥐한테는 정말 미안했다.
한참 그러고 있으니 박쥐가 다시 천장에 붙고 아까처럼 조용해졌다.
미안해서 서둘러 밖으로 나왔다.

굴 밖에는 눈이 내리고 있었다.

"저도 이 굴에서 황금박쥐 처음 봐요!

황금박쥐가 있는 줄 알면·방송이고 신문이고 취재하려고 난리가 날 거예요."

박쥐 박사가 흥분해서 말했다.

"그럼 방송국이나 신문에 소문 내지 말아요, 네?"

"당연히 그래야죠."

며칠 뒤 황금박쥐 사진을 보고 장소를 묻는 사람이 있었다.

알려주면 당장이라도 달려올 기세다.

존경하는 분이지만 장소를 알려주지 않았다.

약속은 약속이다. 잠자는 애들을 깨운 빚 갚음으로 그 약속,

꼭 지키고 싶었다.

'053 오카리나 소리 듣고
날아온 새

거제도에 내리니 날이 아주 포근했다.

하늘도 파랗고 바람 한 점 불지 않는다.

바다는 그야말로 옥빛이다. 차를 대고 숲으로 들어갔다.

출발부터 동백꽃이 발을 잡는다.

동백나무 위에서 직박구리 여러 마리가 시끄럽게 말을 건다.

"아짐들요, 여기까지 우예 왔는교? 찌익, 찌익!"

새소리는 웬만하면 고운데, 직박구리는 쉰 듯한 소리다.

"너그 보러 안 왔나! 반갑데이."

동백나무가 빽빽한 숲으로 들어섰다.

동백나무 꽃.

곰솔 님이 거제도 원시림으로 안내한다. 거제 원시림에서 하루 보낼 생각에 가슴이 뛴다. 여행은 다리 떨릴 때 하지 말고, 가슴 떨릴 때 하라지.

큰천남성 열매가 여기저기 보인다.

팔손이나무.
잎을 고라니가 잘라 먹었을까?

떨어진 동백꽃.
길 따라 걷는데 군데군데 꽃길이다. 발
밑은 푹신푹신하다. 이런 길이라면 하
루 종일이라도 걷고 싶다. 뒤에 오던 꽃
동무가 이런다.
"여름에 이 숲에 오면 정말 다 벗고
싶겠어요."

뒤에 오던 꽃동무가 말을 받았다.
"머리에 검은 봉다리 뒤집어쓰고 다니면 되겠네요."
"그러면 여름에 여기서 다 만나는 거 아닙니꺼?"
푸하하하, 호호호호! 웃음보가 터진다.

숲엔 햇빛이 거의 들어오
지 않는다. 잎 넓은 나무
들이 한 뼘이라도 햇빛을
더 차지하려고 있는 대로
잎을 펼치고 있다.

햇살은 손바닥만큼씩 비친다.
거제도 원시림은 그만큼 조용하고 어두컴컴하다.

어린나무가 한 줌 손바닥
햇살을 받으며 자란다. 햇
살의 따스함과 고마움이
절로 느껴진다. 그렇게 자
란 나무가 숲을 이루고 있
다 생각하니 나무마다 안
아주고 싶다.

앞서 가던 곰솔 님이 소리쳤다.
"선생님, 찾았습니더! 찾았어요!"
부랴부랴 다가가니 육박나무를 가리키며 코를 벌렁거린다.
껍질 벗겨져 예비군복처럼 얼룩덜룩한 육박나무. 정말 있다!
곰솔 님도 말만 들었지 이 숲에서 본 건 처음이란다.
덕 있는 사람하고 와서 봤다고 억지 공을 돌린다.

이건 더 가다가 내가 찾은 육박나무.
멋진 줄기를 안고 올려다보니 하늘로
올라가는 뱀 왕자를 안은 듯 야릇하다.

반갑고 설레어 끌어안고, 올려다보고,
볼을 부비고… 한참이나 그러고 있었
다. 이마저 삶이고 놀이다.

차례로 안아보라니 다들 볼 때하고 느낌이 다르단다. 왜 안 그럴까? 사람을 나눌 때 나무를 안아본 사람과 나무를 안아보지 않은 사람, 이렇게 나눌 수도 있다. 그건 다른 목숨을 인정하고 존경할 줄 아는 사람과 그렇지 않은 사람의 차이만큼 크다.

육박 나무는 여섯 육(六), 얼룩말 박(駁)이다. 껍질 벗겨진 나무가 얼룩말 여섯 마리가 달리는 것 같아서 붙은 이름일까? 보기 드문 멋진 나무다.

점심을 먹고 앞이 탁 트인 곳에서 오카리나 연주를 들었다. 연주하는 사람도 취하고, 듣는 사람도 취한 순간 놀라운 일이 벌어졌다. 흙피리 소리를 듣고 박새 한 마리가 날아왔다. 박새는 곰솔 가지에 앉더니 연주를 들으며 뽀롱 뽀로롱, 하고 말을 걸었다.

조금 뒤에는 직박구리가 날아와 고개를 갸웃하며 듣고 있다.
아래 가지에 또 한 마리 왔다.
"우리 숲에 웬 침입자고? 어! 어디서 이렇게 고운 소리가 나지?
처음 듣는 소린데…."

소리 나는 곳이 어딘지 알아챈 직박구리가 오카리나를 보며 물었다.
"넌 누구야? 찌직. 처음 보는데. 찌직."
그 소리는 이제까지 듣던 쉰 듯한, 싸우는 것 같은 소리가 아니다.
사귀고 싶은 친구한테 조심스럽게 말을 건네는, 첫눈에 반한 소리다.

연주를 다 들은 직박구리는
동무한테 자랑하러 날아갔다.

#054 겨울 강

열심히 일한 사람, 떠나라!
후후, 한 나절 떠났다 왔다.

강이 뭇 생명 살리고, 스
스로 맑히며 굽이굽이 흐
르는 것처럼 겨울 강이 내
속에 들어왔다. 파랗게 파
랗게!

물비늘, 눈부심, 빛 물결,
물별, 윤슬….

자연이 빚은, 세월이 빚은
그림 한 폭.

고방오리.
꽁지깃이 찔리면 아플 것
같다. 다른 오리보다 늘씬
하고 몸이 길어 보인다.

동동동동! 귀여운 댕기흰
죽지. 수컷은 흑백, 암컷은
갈색으로 세련됐다.
이 강, 이 생명 5000년 뒤
후손도 볼 수 있기를, 꼭
볼 수 있기를!

"넌 누구니? 청도군에서 등본 떼봐야 하나?"
홍머리오리다.
머리에 노란 줄이 희게 보이기도 한다.

찬란한 몸짓으로 혼을 빼놓던 청머리오리.
햇살 따라 머리가 갈색으로도 보인다.

쥐가 방울을 달아놓았다.
귀여운 쥐방울덩굴.
요거 본 순간, 두레박 타고 하늘에 올라간 '해와 달'에 나오는 오누이가 생각났다.
어릴 때 이거 따서 낙하산이라며 가지고 놀았다.

여자애가 낙하산이라, 지금 생각하니 우습다.

마을 가까이 유격 부대가 있었는데 그 영향인 듯.

약재 이름이 마두령(馬兜鈴). 말 머리에 다는 방울이라는 뜻이다.

별명은 까마귀오줌통. 오줌 다 새겠다.

까마귀는 새라서 똥오줌 가리지 않고 싼다.

속에 씨가 소복하다.

떨어지면 씨가 쏟아진다.
얄팍하니 가벼운 씨가
바람에 팔락 난다.
물에도 잘 뜰 듯.

요거 타고 겨울 강 한 바퀴 돌고 싶다. 익으면 방이 여섯 개로 갈라진다. 열매 자루도 여섯으로 갈라지는 게 빈틈없고 멋을 아는 장인 솜씨다.

또 오라며 올 때 눈 맞추던 황조롱이. 겨울 강, 시리도록 찹찹한 설렘이다.

*055 곤줄박이

제법 따뜻하다. 율아랑 세현이를 데리고 뒷산에 갔다. 세현이는 뛰어다니며 신이 났다. 율아는 깔끔 떠느라 가랑잎이 신발에 붙는 것도 싫단다. 율아가 맘 편하게 놀면서 자연과 친해질 수 있게 개울 건너 체육공원으로 갔다. 아이들과 놀면서 새소리만 나면 나무를 쳐다봤다.

콕콕콕콕, 톡톡톡톡!
망원렌즈로 당겨보니 곤줄박이다.
때죽나무 열매를 쪼고 있다.
아싸라비아! ^^

고개를 드는데 부리에 하얀 게 묻어 있다.
"예쁜 녀석, 두 발로 잡고 부리로
열매를 깨뜨려 쪼아 먹네."
그러고 보니 여기저기서 곤줄박이가
때죽나무 씨를 까먹고 있다. 새를 보라
고 가리키니 율아랑 세현이는 슥 보고
운동기구 타느라 바쁘다.

곤줄박이가 먹은 때죽나무 열매.
아직도 나무에 달린 게 많다.

떨어진 것도 많다. 때죽나무 씨를 꼬챙
이로 심던 율아가 화장실에 가고 싶단
다. 밖에서는 일을 보기 싫단다. 율아
랑 세현이를 집에 데려다주고 다시 산
으로 갔다.

얘는 떨어진 열매를 주워
모난 돌멩이에서 껍질을
깨고 있다. 콕콕 쪼다가
그만 떨어뜨렸다.

"어잉,
내 열매 어디 갔노?"

"야, 넌 그것도
제대로 못하냐.
잘 봐, 내가 하는 거."

"이렇게 나무에서
따야 깨끗하고
맛있어."

"초보는 가지 사이에
끼우고 까면 잘 까져."
톡톡톡톡 콕콕콕콕!

"야, 정말 잘한다.
나도 해봐야지."

크크, 열매 따서 가지 사이에 끼우고 까
다가 떨어뜨렸다. 녀석, 어찌나 황당해
하던지.^^
"처음부터 잘하는 새가 어디 있냐.
힘내!"

곤줄박이가 하도 맛있게 먹어서 나도
맛을 봤다. 살짝 고소하고 많이 쓰다.
퉤퉤! 곤줄박이 입맛과 내 입맛은 다
르다.^^

집으로 오는데 비목나무에 매달려 이
가지 저 가지 옮겨 다니는 새가 보인다.
눈이 빠지게 올려다보니 비목나무 꽃눈
을 따 먹는다. 아싸, 오목눈이다.
"오목눈이야, 비목나무 꽃눈
무슨 맛이야?"

동그란 게 꽃눈이다.
뾰족한 건 잎눈.
꽃눈 하나 따서 맛을 보니 솔향기도 나고,
잎에서 나던 싱그런 향기도 난다.
먹을 만하다 싶은 순간 뒷맛이 아리다.
봄이 올 때까지 얘들이랑 잘 놀겠다.

숲에 갈 때마다 가슴이 뛴다.

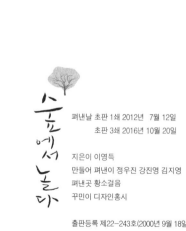

펴낸날 초판 1쇄 2012년 7월 12일
　　　 초판 3쇄 2016년 10월 20일

지은이 이영득
만들어 펴낸이 정우진 강진영 김지영
펴낸곳 황소걸음
꾸민이 디자인홍시

출판등록 제22-243호(2000년 9월 18일)
주소 서울시 마포구 신수동 448-6 한국출판협동조합 내
편집부 02-3272-8863
영업부 02-3272-8865
팩스 02-717-7725
이메일 bullsbook@hanmail.net

ISBN 978-89-89370-79-6 03810